Tremor de Terra

Luiz Vilela

Tremor de Terra

CONTOS

10ª edição

EDITORA RECORD

RIO DE JANEIRO • SÃO PAULO

2017

CIP-BRASIL. CATALOGAÇÃO NA PUBLICAÇÃO
SINDICATO NACIONAL DOS EDITORES DE LIVROS, RJ

V755t
10ª ed.
Vilela, Luiz, 1942
    Tremor de Terra / Luiz Vilela. – 10ª ed. – Rio de Janeiro:
Record, 2017.

ISBN: 978-85-011-0901-9

1. Conto brasileiro. I. Título.

17-38903
CDD: 869.93
CDU: 821.134.3(81)-3

Copyright © Luiz Vilela, 2017

Todos os direitos reservados. Proibida a reprodução, armazenamento ou transmissão de partes deste livro, através de quaisquer meios, sem prévia autorização por escrito.

Texto revisado segundo o novo Acordo Ortográfico da Língua Portuguesa.

Direitos exclusivos desta edição reservados pela
EDITORA RECORD LTDA.
Rua Argentina, 171 – Rio de Janeiro, RJ – 20921-380 – Tel.: (21) 2585-2000.

Impresso no Brasil

ISBN 978-85-011-0901-9

Seja um leitor preferencial Record.
Cadastre-se em www.record.com.br e receba
informações sobre nossos lançamentos
e nossas promoções.

EDITORA AFILIADA

Atendimento e venda direta ao leitor:
mdireto@record.com.br ou (21) 2585-2002.

Confissão, 7
Júri, 14
O buraco, 22
Por toda a vida, 38
Imagem, 50
Chuva, 59
Nosso dia, 69
O violino, 73
Dois homens, 89
Espetáculo de fé, 91
Velório, 102
Deus sabe o que faz, 124
Solidão, 126
Um dia igual aos outros, 140
Ninguém, 159
O fantasma, 161
Enquanto dura a festa, 171
Meu amigo, 176
Vazio, 189
Tremor de terra, 194

Autor e Obras, 207

Confissão

— Conte os seus pecados, meu filho.

— Eu pequei pela vista...

— Sim...

— Eu...

— Não tenha receio, meu filho; não sou eu quem está te escutando, mas Deus Nosso Senhor Jesus Cristo, que está aqui presente, pronto a perdoar aqueles que vêm a Ele de coração arrependido. E então...

— Eu vi minha vizinha... sem roupa...

— Completamente?

— Parte...

— Qual parte, meu filho?

— Para cima da cintura...

— Sim. Ela estava sem nada por cima?

— É...

— Qual a idade dela? Ela já é moça?

— É...

— Como que aconteceu?

— Como?...

— Digo: como foi que você a viu assim? Foi ela que provocou?

— Não: ela estava deitada; dormindo...

— Dormindo?

— É...

— Quer dizer que ela não te viu?

— Não...

— Ela não estava só fingindo?

— Acho que não...

— Acha?

— Ela estava dormindo...

— A porta estava aberta ou foi pela fechadura que você viu?

— A porta; ela estava aberta... Só um pouco...

— Teria sido de propósito que ela deixou assim? Ou...

— Não sei...

— Ela costuma deitar assim?

— Não sei...

— Quanto tempo você ficou olhando?

— Alguns minutos...

— Havia mais alguém no quarto ou com você?

— Não...

— Você sabia que ela estava assim e foi ver, ou foi por um acaso?

— Por um acaso...

— E o que você fez? Você não pensou em sair dali?

— Não...

— Nem pensou?

— Não sei... Eu...

— Não tenha receio, meu filho; um coração puro não deve ocultar nada a Deus. Ele, em sua infinita bondade e sabedoria, saberá nos compreender e perdoar.

— Eu queria continuar olhando...

— Sim.

— Era como se eu estivesse enfeitiçado...

— O feitiço do demônio. O demônio torna o pecado mais atraente para cativar as almas e levá-las à perdição. Era o demônio que estava ali no quarto, no corpo da moça, meu filho.

— Na hora eu não pensei que era pecado; eu fiquei olhando feito a gente fica quando vê pela primeira vez uma coisa bonita... Depois é que eu pensei...

— É uma manobra do demônio: ele queria que você ficasse olhando para conquistar seu coração; por isso é que você não sentiu que estava pecando. Ele faz o pecado parecer que não é pecado e a gente pecar sem perceber que está pecando. O demônio é muito astuto.

— Depois me arrependi e rezei um ato de contrição...

— Sim. E que mais?... Foi essa a primeira vez ou já houve outras, antes dessa?

— Mais ou menos...

— Mais ou menos?... Você quer dizer que...

— É que...

— Pode dizer, meu filho; não tenha receio.

— Uma vez...

— Essa mesma moça?

— É... Ela estava de camisola; uma camisola meio transparente...

— De tal modo que permitisse enxergar a nudez?

— É...

— A nudez completa?

— Não: como agora...

— Sim. Foi em casa que você a viu assim?

— Foi...

— Ela estava só?

— Estava...

— E os pais dela?

— Eles estavam viajando...

— Os pais dela viajam muito, não viajam?

— Viajam...

— Sim, eu sei; quer dizer...

— Eu tinha ido lá buscar um livro; ela estava no quarto e me chamou...

— Ela não procurou cobrir-se com mais alguma coisa?

— Não...

— E ela não se envergonhou de estar assim?

— Não... Eu procurei desviar os olhos, mas ela mesma não estava se importando. Procurei sair logo dali, mas era como se alguma coisa me segurasse; parecia que eu estava fincado no chão...

— E ela? O que ela fez? Ela conversou com você?

— Conversou...

— De que tipo a conversa?

— Normal...

— Ela não disse alguma coisa inconveniente?

— Não... Mas o jeito dela olhar, o jeito que ela estava sentada...

— Sim. Que jeito? Uma posição indecorosa?

— É... Mostrando as pernas...

— Entendo. E o olhar? Havia nele alguma imoralidade, alguma provocação?

— Havia...

— Sei.

— Mas eu arranjei uma desculpa e fui embora...

— Fez muito bem, meu filho; é isso mesmo que você devia ter feito. Você pensou na gravidade da situação? Isto é: que se você tivesse ficado, o pecado poderia ter sido muito mais grave?

— Pensei...

— Não era isso o que estava no olhar dela?

— Isso?...

— A promessa desse pecado grave.

— Era...

— Ou era apenas uma simples provocação? Quer dizer, você acha que ela estava disposta a te levar a pecar com ela... Entende o que eu estou dizendo, não?

— Entendo...

— Ou ela estava simplesmente te provocando, sem outras intenções?

— Não...

— Não o quê? Ela queria pecar?

— É...

— Você imaginou isso ou as atitudes dela mostravam?

— As atitudes dela...

— Mas a família dela não é de bons costumes, não é muito católica?

— É...

— E você acha que ela faria isso?

— Acho...

— Você não...

— Já ouvi Mamãe dizendo que ela não procede bem... Que ela não é mais moça...

— Entendo. Só sua mãe ou outras pessoas também dizem?

— Só ouvi Mamãe. Ela não gosta que eu vá lá...

— Sei... Faz ela muito bem; sua mãe está zelando pela sua alma. Foi muitos dias antes da segunda vez que aconteceu isso ou foi perto? Isso que você está me contando...

— Perto...

— Esses dias?

— É...

— Quer dizer que os pais dela ainda não voltaram?

— Não...

— Eles geralmente ficam muito tempo fora?

— Ficam...

— E ela fica sozinha?

— Com a empregada...

— E o irmão dela? Quer dizer, ela deve ter um irmão, não tem?

— Tem, mas ele fica quase todo o tempo na fazenda; ele só vem à cidade domingo...

— Sim, sim. Muito bem. Quer dizer... É... E que mais, meu filho? Outros pecados?

— Não, só esse...

— Pois vamos pedir perdão a Deus e à Virgem Santíssima pelos pecados cometidos e implorar a graça de um arrependimento sincero e de nunca mais tornar a ofender o coração do seu Divino Filho, que padeceu e morreu na cruz por nossos pecados e para a nossa salvação. Ato de contrição.

Júri

Neste instante, em que o promotor, com a mão esquerda apoiada na tribuna, esfrega, ou antes, desliza pelo rosto, mas com pressão, firmeza, força, o lenço branco já um pouco amarrotado de outras esfregadas, pois não é a primeira vez nem a segunda que ele o desliza pelo rosto gotejando de suor e em seguida pelo pescoço e nuca, neste instante há um tossir abafado e cansado pela sala do júri, acender de cigarros, mexer-se nas cadeiras duras e sem conforto, num rangido que se repete como que por deliberada imitação, cômico, monótono e aborrecido, conversas à meia-voz, rostos que se voltam na direção da porta tampada de gente e depois, mais além, para o que dali é visível da rua, apenas um pedaço de céu sem cor e a folha de uma palmeira, ressequida e em completa imobilidade, o desejo de estar lá fora, ao ar livre, locomovendo-se, respirando, enquanto das pernas cansadas, pés doendo e formigando dormentes dos que estão voltados para dentro, de braços cruzados, sem outro apoio que os próprios pés se equilibrando no cansaço, ou no máximo apoiados à porta ou ao peitoril da janela, apenas aquela, sobe um desejo cansado, resignado, inútil, de estar sentado numa daquelas cadeiras que, embora duras e sem conforto, são neste instante a própria imagem do conforto e do descanso, desejo que se esfuma no olhar inconsciente e cansado e erradio para os rostos dos que, sentados, estão olhando para eles ou para a rua, pedaço de rua além deles, indo destes, dos que estão na assistência sentados, para os rostos na mesa do tribunal, o juiz imóvel e numa estranha aparência de quem, de olhos abertos, estivesse porém dormindo, quando, num gesto repentino e rápido que somente alguns notam, desfere um tapa na própria cabeça, calva, reluzente de suor, e depois volta-se rápido, de lado, seguindo com o olhar alguma impertinente mosca, voltando de novo à posição anterior e tirando o lenço do bolso da calça, lenço que passa na calva reluzente de suor, mas não em cima, somente dos lados e na nuca, enquanto olha, do alto da mesa, com expressão carrancuda, para a assistência cansada e suada e à espera; o réu, franzino, de mãos enfiadas entre as pernas juntas como se sentisse frio ou como se, fazendo muito frio, a cadeira estivesse gelada, e ele ficasse nessa posição pouco à vontade, entre em pé e sentado, para evitar o contato dela, posição semelhante à de quem, numa visita, prestes a se despedir, inclina-se para a frente e se levanta um pouco na cadeira, mas semelhante apenas na aparência, pois não era a intenção de se levantar e sair, proibida para o réu, que o fazia ficar assim, mas o medo, o espanto, a perplexidade, visíveis nos olhos grandes e amarelados que fitam neste instante o crucifixo na parede, atrás e acima da mesa do tribunal, crucifixo que, de velho, já perdeu a cor, sujo de moscas, apagado, ignorado, e como que inexistente na sala, a não ser para os olhos do réu, que neste instante o fitam, mas sem nenhum sentimento especial, que apenas o fitam, como em seguida fitam, mas rápido, o rosto do juiz e, mais rápido ainda, o do promotor, para então se encolherem, num lento reclinar de cabeça, para as mãos enfiadas nas pernas, quando um ligeiro tremor treme as calças de brim amarelo, gastas e rasgadas nos joelhos; e os jurados, fixos numa atitude de atenção ao promotor ou curvados, meditativos, mas neste instante, em que o promotor, pousando a mão esquerda na tribuna, enxuga com a direita o suor do rosto, um dos jurados mais jovens, na verdade o mais jovem, rapaz ainda, relanceia displicentemente os olhos pela assistência, como teria feito à mesa de um salão de baile com a namorada ao lado e um copo de uísque na mão, depois passa a mão pelo cabelo, cheio, jogando, para a frente, com as pontas dos dedos, o topete à maneira de um artista de cinema, depois endireita a gravata, que não estava, como a de quase todos os outros jurados, afrouxada pelo intenso calor, que estava como já estava antes, quando, no começo da tarde, ele, juntamente com os outros jurados, havia entrado na sala e tomado seu lugar, que era o lugar do canto, tendo por companheiro o velho gordo, o único sem gravata, que neste instante, em que o promotor faz a pausa, é ligeiramente cutucado no braço pelo rapaz e então, como que num susto, ergue o rosto e abre os olhos e olha assustado ao redor, mudando em seguida a fisionomia para uma expressão neutra, de indiferente indagação, quando o rapaz, pegando no nó da gravata e repuxando o pescoço, diz para ele qualquer coisa sobre o calor, ao que o velho, passando a mão pela cara de barba crescida e depois pelo pescoço, vermelho, empapado de suor, responde com uma cara sofrida, repetindo em seguida a mesma cara para o companheiro ao lado, baixinho, anão, que, para responder ao velho, quase deita de costas no braço do companheiro seguinte, que o olha de soslaio com uma cara de aborrecimento e nojo, e em seguida dá umas batidinhas na manga do paletó, onde a cabeça do anão, brilhando de brilhantina, havia encostado, e depois olha também, com nojo, para o companheiro ao lado, que se mantém, desde que ali se sentaram, no começo da tarde, ereto na cadeira como o aluno bem-comportado da classe (ele pensa) mas que todos detestam e que, se tira nove e meio numa prova em que sempre tirou dez, chora e desacata o professor, ereto e sereno porque um homem matou uma mulher com dez facadas e esse homem não é ele, que está ali, ereto e sereno como um deus que não erra e que existe para premiar com o céu os homens ou condená-los ao inferno, e que se desmantelaria se o inferno deixasse de existir e só ficasse o céu, que choraria no maior dos desesperos se os homens um dia aprendessem a ser bons, pois que seria feito do castigo e como poderia ele estar ereto e sereno, na posição do que não mereceu castigo? olhando com mais nojo ainda quando o companheiro, tirando o lenço, apenas apalpa o rosto de leve, como se apalpasse uma flor, ele não sua (pensa), ele não é um homem, ele é um deus, ele não sua, olhando em seguida, com o mesmo nojo, para a assistência, a mesma assistência (continua pensando) que viria para um circo, uma briga de galos, um jogo de futebol, um filme de bangue-bangue, que veio aqui porque não está havendo essas coisas lá fora, e que viria, que preferiria vir aqui mesmo havendo essas coisas, porque o julgamento de um homem que matou a mulher com dez facadas e depois decepou-lhe a cabeça é um espetáculo muito mais emocionante que circo ou briga de galos ou jogo de futebol ou filme de bangue-bangue, tão emocionante que eles permanecem firmes e atentos, apesar do cansaço e do desconforto e do calor, e só seria mais emocionante se o réu ou alguém da assistência desmaiasse, como era possível acontecer naquele calor, ou então, melhor ainda, alguém desse um tiro em alguém, como já havia acontecido ali, em outro júri, e um da assistência, ou dos advogados, ou dos jurados morresse, qualquer um, não faria diferença, qualquer um que desse o tiro e qualquer um que morresse, seria um espetáculo completo e com a vantagem de ser grátis, todos sairiam correndo de medo e susto, o senhor meritíssimo perderia aquela cara de juiz da Inquisição e sujaria a meritíssima cueca, e os galinhos de briga da defesa e da acusação se arrepiariam, bem como a galinha choca do promotor, e depois, à noite, em casa, de pijama, rodeados da mulher e dos filhos e dos vizinhos e dos amigos e dos parentes, repetiriam pela milésima vez, com o mesmo entusiasmo e mentira cada vez maior, a emocionante história que abalou a cidade, nojo, nojo de todos e de tudo, condenariam o réu, claro, com aquele calor, com o suor do senhor promotor, a verborreia dos senhores advogados, as moscas do senhor juiz, a pressa dos dois jurados ao lado, conferindo os relógios, a indefectibilidade do deus, a surdez do anão, o sono do velho, a futilidade do rapaz, e que podia o seu nojo contra tudo isso? mas ele também talvez condenasse, e por que não? que tinha a ver com aquele homem que ele nunca vira antes em sua vida? aquele homem matara, matara porque o homem mata, e então outros homens se reúnem em salas para dar o espetáculo que outros homens vêm ver, e no fim um homem é condenado ou não, enquanto outros homens continuam matando outros homens; não, ele votaria pela absolvição, mesmo sabendo que o réu não tinha nenhuma chance, votaria pela absolvição porque tinha nojo dos outros jurados, que votariam pela condenação, mas votaria pela condenação se fosse qualquer um dos jurados ou dos advogados ou o promotor ou o juiz que estivesse no banco dos réus, mesmo que fosse inocente, mesmo que fosse inocente, e votaria também pela absolvição porque era também a condenação o que a assistência queria; não tinha pena do réu, por que pena dele? estava encolhido de medo e susto, mas matara uma mulher, e na hora de matar não devia estar nada encolhido de medo e susto, a mulher sim, e se fosse solto, era provável que matasse de novo, que matasse com mais facadas ainda, como dissera o promotor, e que talvez a vítima fosse até um dos que estavam ali presentes, não tinha pena dele, solto ou preso, já estava mesmo desgraçado para o resto da vida, não tinha pena, tinha é nojo do resto, de tudo aquilo que estava ali, à sua frente, ao seu redor, toda aquela palhaçada ridícula e miserável — então, tendo guardado o lenço no bolso, o promotor, relanceando os olhos pela assistência, e num segundo cessam os ruídos e o zum-zum que ia nascendo das conversas à meia-voz, relanceando os olhos agora com as duas mãos pousadas na tribuna, recomeça a falar: "Senhores jurados, não quero mais prender-vos a atenção nem tomar o vosso precioso tempo, depois que acabastes de ouvir toda a verdade, crua e insofismável, sobre o mais hediondo dos crimes que vieram abalar a nossa cidade, um crime que, só de imaginar, a nossa mente repugna."

O buraco

Não sei como nem quando começou o buraco. A lembrança mais antiga que eu tenho de mim coincide com a mais antiga que eu tenho dele: eu cavando-o com os dedos. Mas então ele já existia, e não sei se era eu que o havia começado ou outra pessoa. Ou, talvez, ele estivesse ali por simples acidente da natureza.

De qualquer modo, é-me impossível saber como foi antes dessa lembrança, nem adiantaria perguntar às pessoas mais velhas que eu, que estiveram ao meu lado nesse tempo: como iriam elas lembrar-se disso?

Nessa época eu devia ter três anos, e o buraco era um brinquedo, um modo de fazer alguma coisa, que eu encontrei àquela hora. Devo, nessa mesma idade e depois, nos quatro e cinco anos, tê-lo cavado muitas vezes, ora porque não achava outra coisa para fazer, ora porque me cansava das outras coisas, e ora, enfim, porque era aquilo mesmo que eu queria fazer.

Depois, já mais crescido, lembro-me do buraco tomando a forma arredondada, mas ainda raso, de poucos centímetros: ele encobriria, no máximo, os meus tornozelos. Eu não havia ainda entrado nele, ficava apenas cavando-o; mas já pensava nele como algo que pertencia só a mim e a mais ninguém, e como algo secreto. Embora ele ficasse ali, no quintal, à vista de todo mundo, e as pessoas passassem ao seu lado e mesmo sobre ele, não deixava de ser meu e de ser secreto.

Às vezes Mamãe me via cavando-o e dizia: "Meu filho, deixa esse brinquedo, vai brincar na rua com os outros meninos." Mas às vezes também via e não dizia nada, não se importava, e, de certo modo, até parecia achar bom: "Assim, ele não vai para longe", dizia aos outros. E ainda: "Ele gosta de brincar sozinho." Eu gostava também de brincar com os outros meninos na rua: brincava de pique, de bomba, de esconder, de bola, de soltar papagaio, de corrida, de biloca, de tudo. Mas às vezes eu deixava tudo isso e ia mexer com o buraco. Achava bom ficar ali, sozinho, longe de todo mundo. Até que chegava um ponto em que eu também me cansava do buraco, sentia-me triste, e tinha vontade de voltar para as pessoas, falar, ouvir, conversar.

Uma vez aconteceu uma coisa estranha: eu tive como que uma visão de algo pavoroso surgindo do buraco, e saí correndo feito doido para dentro de casa. Mas, depois, eu não conseguia saber o que me dera tanto medo, não conseguia ter nenhuma imagem. Mesmo assim, foi uma sensação tão horrível, que eu fiquei algum tempo sem voltar lá.

Fui crescendo, e o buraco, que eu cavava com certa regularidade, também. Já com meus onze anos, ele não era bem um brinquedo; eu não sabia por que o cavava. Talvez fosse apenas por hábito: o buraco estava ali, no terreiro, e desde pequeno eu o vinha cavando.

E então foi como se, de repente, eu o visse pela primeira vez — como se ele nunca tivesse existido antes desse dia, quando fiz quinze anos. Foi uma sensação empolgante, mas também assustadora; fiquei maravilhado e, ao mesmo tempo, com medo. Na manhã desse dia eu estava alegre; mas, de tarde, não sabia se estava alegre ou triste; e de noite estava triste. De qualquer modo, uma coisa era certa: aquele buraco existia e era meu, inseparavelmente meu, tão meu que era como se ele estivesse não ali, fora, mas dentro de mim. Eu podia ignorá-lo, que ele estaria ali, continuaria ali, como estava.

Ignorá-lo foi o que tentei de vez em quando nesses anos da adolescência. Às vezes, em casa ou na casa dos outros, entre pessoas, conversando, rindo, jogando, dançando, bebendo, eu me esquecia dele, ou, se me lembrava, achava-o tão estranho que não podia acreditar que ele existisse. Mas chegava em casa, e bastava ficar um pouco isolado dos outros e em silêncio, que ele surgia dentro de mim, como uma serpente se erguendo no escuro.

Isso me deixava tão desconsolado, que eu tinha vontade de morrer. Mas outras vezes, em situação idêntica, era eu mesmo que invocava sua lembrança, como um último socorro, e então ficava contente por ele existir. Acontecia também de lembrar-me dele quando estava rodeado de pessoas, e essa lembrança era tão forte que apagava a presença das pessoas — como se elas, então, é que se tornassem lembrança.

Houve ocasiões em que eu escondia dos outros o buraco, numa espécie de medo ou de pudor. Ou, se me sentia muito triste por ele existir, mostrava-o para eles, na esperança de que dissessem ou fizessem alguma coisa para diminuir minha tristeza. Uns nem ligavam, outros davam conselhos, e alguns acabaram se oferecendo para me ajudar a tapá-lo.

Algumas vezes aceitei essa ajuda; mas, na hora de tapar o buraco, eu recuava, assustado: não, como que aquela pessoa, por mais que eu gostasse dela e ela de mim, poderia me ajudar a tapar o buraco, que eu tinha feito sozinho e que só eu conhecia perfeitamente? Não daria certo; ficaria um desses terrenos movediços, em que, de uma hora para outra, eu poderia me afundar, e, às vezes, comigo a pessoa. Eu a abandonava — ou ela me abandonava — com lágrimas nos olhos: eu queria tanto aquela ajuda, e a ajuda não poderia me valer.

Isso me custou muitas incompreensões: disseram que eu era orgulhoso, que eu desprezava os outros ou que eu não me importava com eles, e até que os odiava. Quanta incompreensão... Havia também os que diziam: "Deixa, deixa ele; ele não tem jeito..." Esses pelo menos eram mais compreensivos.

O buraco, somente eu poderia enchê-lo. Porque a essa conclusão eu havia chegado: o buraco estava ali, e não adiantava eu querer ignorá-lo; o que eu tinha de fazer era enchê-lo. Foi o que tentei, já rapaz, e não pude: cada pá de terra atirada dentro do buraco era como se fosse atirada dentro de minha boca. Eu não podia fazer aquilo, era como se eu estivesse me assassinando. Então desisti. Deixei a pá no chão e, desolado, fiquei olhando para o buraco. Nesse estado, escorreguei e caí dentro dele.

No primeiro instante, tive um pavor horrível, como se eu estivesse cara a cara com a coisa de que naquele dia da infância eu tivera a visão; ali estava ela, visível e invisível, palpável e impalpável. Meu primeiro impulso foi o de fugir. Mas não fugi: porque fiquei paralisado ou porque me dominei, não sei.

Não demorou, porém, o pavor foi sumindo e dando lugar a uma espécie de familiaridade com o ambiente. Notei então o escuro de ali dentro, o frio das paredes, e essas coisas, que talvez fossem o que de início me havia apavorado, passaram a me agradar. Não exatamente a me agradar, mas a despertar a minha curiosidade, a interessar-me.

Ainda com um certo receio, apalpei as paredes: eram frias, úmidas. Cheguei até a cheirá-las: era o mesmo cheiro, mais forte, que eu já estava sentindo no ar ali dentro, cheiro de terra, um cheiro bom.

Depois de alguns minutos, a sensação de pavor havia desaparecido por completo, e eu, ali, sentia-me bem, perfeitamente à vontade, como se ali fosse realmente o meu lugar, o meu hábitat. Era como um homem que, perdido na escuridão, vê de repente surgir à sua frente um pavoroso castelo mal-assombrado, e, empurrado por estranha força, caminha em sua direção, descobrindo, à medida que caminha e que as brumas vão se dissipando, que o castelo é a sua própria casa, onde ele deseja estar.

Minha cabeça estava apenas alguns palmos acima do nível da terra: mais um pouco, e o buraco me encobriria.

Esse pouco eu cavei no dia seguinte. Depois que cavei, eu entrei no buraco. Nessa hora uma pessoa me procurou no quintal, chamando por mim. Eu permaneci quieto e em silêncio no buraco, com a mesma sensação de quando, em criança, me procuravam pela casa, chamando-me, e eu estava escondido debaixo da cama. Eu não gostava dessa pessoa e resolvi não responder; ela acabou indo embora.

Repeti depois a experiência com outras pessoas: sempre dava certo. A verdade é que das pessoas que me cercavam, com quem eu lidava todo dia, a maioria me aborrecia, me desgostava, me cansava. Elas cansavam-me sobretudo por causa de uma coisa: elas falavam demais. Por que não conseguiam ficar em silêncio? Depois de estar com elas, como era bom entrar no buraco e ficar ali, naquele silêncio.

Mas o silêncio ainda era muito frágil, e qualquer barulho mais forte lá fora vinha trincá-lo. Era preciso tornar mais fundo o buraco. Além disso, as pessoas que me procuravam já o haviam descoberto e então chegavam à beirada e pediam que eu saísse, e, se eu me recusava, insistiam e ameaçavam jogar coisas dentro. Elas não tinham o menor respeito pelo buraco, e isso me dava mais vontade ainda de ficar dentro dele e de não me encontrar com elas.

"Você está parecendo tatu", me disse uma dessas pessoas. "Tatu é que fica cavando buraco assim. Desse jeito, um dia, quando você menos esperar, você está aí virado num tatu. Olha suas mãos: sujas de terra..."

Tatu, eu pensei... E se eu virasse mesmo um tatu? Aquelas pessoas me deixariam em paz no meu buraco, não viriam molestar-me. Eu não precisaria mais procurá-las, nem sentiriam elas a minha falta — quem iria sentir falta de um tatu? Àquela hora eu desejei de fato ser um tatu; mas nem de longe estava pensando nas coisas que viriam a acontecer. Pensei apenas que devia ser bom viver sozinho, no escuro e no silêncio, longe das pessoas.

Para conseguir, pois, maior silêncio e menos claridade, continuei cavando o buraco. Às vezes eu levava água e comida e passava o dia inteiro cavando-o. Quando me cansava, parava de cavar e ficava lá, à toa, sem fazer nada, apenas sentindo o silêncio, o escuro, o cheiro da terra — aquele cheiro que eu achava tão bom.

Acontecia, às vezes, de chegar gente me procurando; curvavam-se sobre o buraco, mas ele já estava muito fundo para que pudessem enxergar alguma coisa. Então gritavam: "Zé, você está aí?" Eu não respondia. "Zé, ô Zé; sou eu, Maria." Maria era a minha noiva. Eu não respondia, mesmo a ela. Então havia um silêncio, que eu percebia ser o da pessoa esperando ainda que chegasse lá em cima algum som de baixo; mas eu ficava bem quieto. Então o silêncio voltava a ser o de antes: a pessoa tinha ido embora.

No começo, esse silêncio, da pessoa esperando, era de um tipo, depois ficou de outro (eu estava virando especialista em silêncios, distinguia milhares de tipos diferentes). No começo era o silêncio de quem espera, apenas espera um som e depois pensa: "É, ele não está aí mesmo, não." Mas depois, quando ficaram sabendo que eu passava ali quase o dia inteiro, quando sempre me viam indo para o buraco, o silêncio tornou-se o de quem espera desconfiando e pensando: "Ele está aí, sei que ele está aí, e não quer responder." Então eu quase respondia; principalmente quando a pessoa era Mamãe ou Maria. Ao sair do buraco, a primeira coisa que eu fazia era ir procurá-las.

Mamãe um dia disse: "Meu filho, você não está exagerando? A gente pode gostar de cavar e de ficar dentro de um buraco; mas tanto assim? Na vizinhança já andam falando. Um dia desses eu vinha na rua, quando ouvi, atrás de mim, uma moça dizendo a outra: 'Aquela ali é a mãe do tatu...' Você acha que isso é uma coisa agradável de uma mãe ouvir? Você é meu filho, não quero que te chamem de tatu, você não é tatu, você é gente, não é tatu" — e ela disparou a chorar. Tive tanta pena dela esse dia, que eu prometi não voltar mais ao buraco.

Mas a promessa durou pouco: eu não podia mais ficar fora do buraco; sentia-me desambientado, doente, tudo me incomodava, me feria, a luz do sol queimava os meus olhos como se fosse fogo, os sons abalavam os meus ouvidos. Além disso, quando eu saía à rua, havia risinhos por todo lado: "O tatu... o tatu...", eles cochichavam — mas eu ouvia como se eles estivessem gritando em meus ouvidos. Eles riam sobretudo por causa de minha corcunda, que me viera à força de cavar todo dia, e de meu rosto, que fora escurecendo e se afinando. E era por isso que eu só andava com as mãos enfiadas nos bolsos, e mesmo em casa, na hora de usá-las para alguma coisa — para comer, por exemplo —, eu me trancava no quarto. Elas já quase não lembravam mãos humanas: eram negras, grossas, compridinhas e com unhas fortes e pontudas — eram mãos de tatu.

Num daqueles dias em que, ao sair à rua, eu ouvira as pessoas falando e rindo de mim, cheguei em casa tão deprimido que, sem reparar, comecei a andar de quatro. Mamãe deu um grito, e só aí eu percebi a coisa. "Meu filho!", ela disse e veio correndo me abraçar. Tive de fazer um esforço enorme para levantar-me e para, depois, manter-me de pé.

"Que mal fizemos para merecer essa desgraça?", ela disse, chorando e me apertando em seus braços. Como explicar para ela que nem eu, nem ela, nem ninguém tinha culpa daquilo, que aquilo acontecera porque havia começado um dia, e havia começado por um simples acaso? E que tudo era assim porque havia começado assim, e que, se houvesse começado de outro jeito, teria sido de outro jeito, mas que ninguém podia saber por que uma coisa começa desse ou daquele jeito, e que, mesmo que soubesse, isso não adiantaria nada porque a coisa já havia começado?

Mas essa explicação seria muito difícil para ela entender, e eu fiquei em silêncio, deixando simplesmente que ela me abraçasse. Era doloroso; ela pressentia que era a última vez que me abraçava assim.

De noite ela fez um bolo de chocolate, que era o bolo de que eu mais gostava; tudo como se soubesse que era a última vez. Eu comi para que ela se sentisse feliz, mas já não achava mais graça em comer bolo. Além do mais, eu tinha de comer aos pedacinhos, para o bolo passar na garganta e eu não me engasgar.

O mais duro foi na hora de deitar: ela queria me dar a bênção, mas eu não queria tirar as mãos dos bolsos, para ela não ver em que haviam se transformado. Eu queria também fazer-lhe um carinho de despedida, mas tive de me conter. E ela contentou-se com me abraçar apenas — não perguntava o motivo das mãos nos bolsos, com medo de magoar-me. Apertou-me contra ela: "Meu filho, vai dormir em paz; o mundo pode te voltar as costas, mas sua mãe nunca te abandonará." Pobre Mamãe: eu é que a abandonei.

Nessa mesma noite, tão logo ouvi o ressonar no quarto dela, saltei da cama e, deslizando de quatro — eu já não conseguia ficar nas duas pernas —, atravessei a casa, fui para o quintal e entrei no buraco.

De manhã Mamãe veio. Começou a dizer qualquer coisa, mas de repente se interrompeu, houve um silêncio, e então ela caiu num choro desatinado. Não compreendi logo por que aquela mudança súbita. Depois é que eu compreendi: eu devia ter deixado rastro na terra e por ele Mamãe visto as minhas transformações, que eu vinha ocultando dela e dos outros. Aquele choro me doeu no coração, mas eu fiquei quieto no fundo. O que eu podia fazer? Não podia aparecer para ela, o que, além de não adiantar nada, só iria piorar a situação. Não podia fazer nada.

"Volta, meu filho; sou eu, sua mãe. Vem para casa. Aí é tão escuro, tão frio; você vai se resfriar, pode ficar doente. Vem para fora..." Mãe é mesmo uma coisa. Nem eu virando tatu, ela deixava de me querer. Até pelo contrário: parecia que ela me queria mais ainda, como querem as mães aos filhos doentes. E se eu tivesse me transformado numa lesma, ela decerto mais ainda me amaria...

Mas era estranho o que eu ia sentindo enquanto ela me falava. Ao mesmo tempo que eu sentia dó dela, eu pensava: "Seu filho? Sim, seu filho, porque dela nasci; mas o que tenho ainda de comum com ela? Sou um tatu, gosto é de ficar aqui, no escuro e no frio, sozinho. Sou diferente dela, meu mundo é diferente, não tenho mais nada a ver com o seu mundo, só a memória me liga a ela." Eu sentia quase irritação: "Você vai se resfriar... Resfriar-me como, Mãe? Eu sou tatu: tatu se resfria?"

Depois foi Maria: chorou também, pediu que eu saísse, que não podia viver sem mim, que ia se matar, etcétera, todos esses lugares-comuns das mulheres apaixonadas. Eu tinha vontade de gritar, bem alto: "Eu sou tatu, Maria; vai embora, me deixa em paz. Tatu vive é no buraco, aqui é que é meu lugar. Vai embora, eu não tenho nada com vocês: vocês são gente, eu sou tatu!" Tinha vontade de gritar isso, bem alto; mas eu era tatu, não tinha mais voz.

Continuei quieto, no fundo, até que Maria, depois de prometer tudo, inclusive entupir o buraco (era desespero de amor, ela não faria isso), e depois de chorar muito, como se eu estivesse morto (e para eles eu realmente estava morto e o buraco era como se fosse o meu túmulo), foi embora.

Nos dias seguintes, Mamãe e ela, e depois meus amigos mais chegados, sempre vinham ao buraco e diziam toda espécie de coisas para me tirar dele. Mas era inútil. Fazer, eles não podiam fazer nada. Se quisessem, por exemplo, alargar até o fundo o buraco com máquinas — o que seria um serviço monstruoso — para que pudessem me pegar, seria trabalho perdido, porque eu poderia em pouco tempo furar outro buraco e penetrar pela terra em outra direção. Eles deviam ter pensado nisso. Além de que seria um negócio absurdo: tanto trabalho para pegar um tatu? Só a dor de uma inconsolável mãe ou o desespero de uma noiva abandonada poderiam fazer isso. Mas Mamãe foi se consolando com o fato de saber que eu ainda estava vivo, e Maria, por motivo que eu depois viria a saber, foi deixando de vir.

A essa altura, devido à fome, eu havia cavado um pequeno túnel, que dava para um lugar abandonado do quintal, longe do buraco. Eu saía à noite, à procura de alimento. Mamãe devia ter visto os meus rastros e calculado o que se passava; e então começou a deixar, todas as noites, um prato de comida no fundo do quintal. As mães entendem tudo: ela escolhera o fundo do quintal porque entendera que eu não queria ser visto por ninguém; nem mesmo por ela. Ainda assim, o filho, que ela amava, estava ali e preci-

35

sava dela. Só que ela não podia tocá-lo com as mãos, nem vê-lo, e, menos ainda, ouvi-lo.

As visitas começaram a se espaçar. Maria não voltou mais. Só Mamãe vinha. Vinha e ficava à beira do buraco, muda, olhando para dentro. Às vezes sentava-se no velho toco de árvore ao lado e ficava horas assim, olhando. Do fundo, quieto, eu a via, mas ela não podia me ver. Talvez ela sentisse que eu estava vendo-a e ficasse ali para isso, para que eu a visse e não me sentisse sozinho.

Depois que as pessoas deixaram de vir, comecei a sentir muito a falta de uma coisa que eu não sabia o que era, mas então descobri: a voz humana. Era dela que eu estava sentindo falta; não para falar, mas para ouvir. Tinha saudades de ouvi-la. E quando a ouvi de novo, foi como se ouvisse o mais belo som do mundo. Isso aconteceu numa noite em que, levado por tal saudade, aproximei-me sorrateiramente da área lateral da casa, para onde dava a janela da copa, e fiquei, no escuro, escutando.

Estavam lá várias pessoas: conversando, rindo, contando casos. Tive então uma insuportável saudade daquele mundo. Mas depois refleti que eu só senti isso porque não pertencia mais a ele, e que se eu pudesse de novo pertencer, se eu pudesse virar gente outra vez e estar ali, entre aquelas pessoas, desgosto e cansaço é o que eu sentiria — e talvez sentisse também saudades de quando era tatu.

Fiquei ali muito tempo, até que as pessoas se despediram e Mamãe ficou só. Então voltei para o buraco. Depois disso, eu sempre rondava a copa à noite para ver se havia gente conversando, e, se havia, eu ficava escutando, até que a última palavra fosse dita por alguém. E não era mais só a voz que me encantava: era tudo o que diziam, mesmo coisinhas como "hoje está quente", "o cafezinho está gostoso", "amanhã tem feira"...

Foi numa dessas noites que eu fiquei sabendo por que Maria não voltara mais: ela havia ficado noiva de um tal João não sei do quê. Quando ouvi isso, senti uma pontada no coração e uma enorme tristeza. Mas logo voltei a mim e pensei: "Diabo, o que eu quero? Por acaso queria que ela continuasse minha noiva?" Acabei achando a ideia divertida, e pensei numa manchete de jornal assim: "Mulher, apaixonada por um tatu, mata-se." Seria engraçado...

Por toda a vida

Ele trabalhava numa carpintaria. Quando a sirene apitava, às cinco horas, ela corria para a janela da sala e ficava esperando ele passar na calçada. Ele surgia com o rosto já voltado na direção da janela, sabendo que ela estaria ali, à sua espera. Ele a cumprimentava com ligeira inclinação da cabeça, ao que ela respondia, também com uma inclinação.

Então ela deu o primeiro sorriso: ele ficou olhando, muito perturbado, e, sem saber o que fazer, tornou a inclinar a cabeça. E na tarde seguinte os dois sorriram ao mesmo tempo. E na outra tarde, de longe ele já a viu no portão.

E chegou o momento de se dizerem as primeiras frases. Um ano depois, entre risos e beijos, recordariam esse momento, quando estavam tão perturbados, tão apaixonados um pelo outro, que nenhum dos dois conseguia dizer nada, nem mesmo uma dessas frases banais sobre o tempo.

Toda tarde ela ia esperá-lo no portão, e ficavam conversando: ela do lado de dentro, ele na calçada. Ele falava sobre sua vida: viera de uma cidadezinha do interior, onde ainda viviam os pais.

Eram pobres: o pai era pedreiro, a mãe trabalhava numa padaria. Ele viera com um amigo, num transporte de carga, gostara da cidade e resolvera ficar. Depois entrara para a carpintaria, serviço que já fazia antes, em sua terra. Estava satisfeito; não ganhava muito, mas gostava do ofício. Ainda haveria de ter um dia sua própria carpintaria. Mas, para isso, teria de trabalhar muito ainda.

Ela contou que também não eram ricos: o pai tinha um armazém, viviam disso. Eram cinco filhos, quatro menores e estudando. A despesa era grande. O pai trabalhava muito para dar conta. A mãe ajudava na costura, fazendo as roupas dos meninos. Ela, filha mais velha, também ajudava, fazendo bordados para fora.

— Nós já somos pobres, e você ainda namora um rapaz mais pobre que nós? — disse a mãe, que não via com bons olhos aquele namoro.

— O que tem isso, Mamãe? Ele é trabalhador, inteligente...

— Isso não basta. Sem dinheiro, ninguém vale nada hoje. É o dinheiro que manda. Em toda parte é assim. Você ainda é moça e inexperiente. É melhor casar com um homem bom e rico do que com um homem bom e pobre. Não estou desfazendo dele, parece até ser muito bom rapaz. Mas você ainda é inexperiente. Casar hoje com uma pessoa pobre não é um bom negócio.

— E a senhora, não casou?

— Casei. Mas naquele tempo as coisas eram diferentes, não eram como hoje. A vida era mais fácil. Hoje a pessoa que não tem sua conta no banco não consegue nada, é um joão-ninguém.

— Eu gosto dele. E ele gosta de mim.

— Amor só não basta.

— Há muita gente que é pobre e vive feliz; mais feliz do que outros, que são ricos.

— Isso é invenção dessas novelas de rádio, minha filha; a realidade não é assim. Qualquer um sabe que é melhor ser rico do que ser pobre. Se a gente pudesse escolher, não haveria um só pobre no mundo.

— Nós não somos ricos e vivemos felizes.

— Inês, você não me escutou sempre? Você não sabe que tudo o que eu digo é para o seu bem? Então por que você não quer me atender agora, minha filha? Você não tem experiência da vida. João pode ser um rapaz muito bom, não digo que ele não seja; mas há tantos outros rapazes por aí, tantos outros que também são bons e que estão em situação melhor que a dele...

— A senhora parece ter mágoa de ser pobre.

— Minha filha...

— Nem sei o que é amor para a senhora. A senhora parece que só pensa em dinheiro.

— É assim que você agradece os conselhos de sua mãe?...

De noite saíam de mãos dadas pelo quarteirão, parando na loja de roupas da esquina para olhar as vitrines. Do que viam ali, quase nada podiam comprar; mas faziam muitos planos.

— Quando formos ricos — ela dizia.

— Nós ainda seremos ricos — ele completava.

No domingo iam ao cinema. Ele vinha de terno e gravata — sempre o mesmo terno azul-marinho —, a camisa muito branca e impecavelmente passada. Aquela pobreza digna e limpa a encantava. Ele dizia:

— Gosto de uma roupa bem passada — e esse pequeno capricho, que ela achava maravilhoso, como que fazia desaparecer sua pobreza.

Ela o adorava. Ele também a adorava.

— Um dia ainda teremos tudo — ele disse: — uma casa grande, arejada, com jardim e quintal, os melhores móveis, roupas finas, carro, tudo do bom e do melhor...

— E uma porção de filhos também.

— Também. Filhos para encher a casa inteira...

Eles se abraçavam no escuro e juravam amor por toda a vida.

A mãe, cansada de falar, entregou a filha a Santa Inês, que era a sua santa protetora. O pai quase nada dizia; escutava as conversas, presenciava as discussões, e ora concordava com uma, ora com outra. Chegava muito cansado do serviço. Dizia para a mulher que orientasse bem a filha; para a filha, dizia que pensasse no que estava fazendo. E ia jogar baralho na casa dos amigos.

O resto da família se dividia: os a favor e os contra. Os a favor falavam no trabalho e na inteligência do rapaz. Os contra falavam na pobreza. Quanto aos dois, não ligavam para uns nem para outros.

Só pensavam no seu amor. Decidiram se casar, e nada no mundo poderia impedir isso.

Depois de um curto noivado, casaram-se e foram passar a lua de mel no Rio. Ficaram poucos dias, por causa do dinheiro, que era pouco.

Foram morar numa casinha, de propriedade do pai dela. A mãe relutara um pouco, por causa do genro, a quem não ocultava sua hostilidade; mas como estava em jogo também a filha, e como, afinal de contas, a burrada — assim se referia ela àquele casamento — já estava feita e não tinha mais conserto, o jeito era cooperar, do melhor modo que pudesse.

O aluguel era barato. Com o dinheiro que ele ganhava, mais o pouco que ela recebia pelos bordados — que continuava a fazer, e mais ainda agora, para ajudar na despesa —, viviam razoavelmente bem.

Tudo na casa era modesto: os móveis, os enfeites, os talheres. Alguns dos objetos tinham sido presentes do casamento, e sendo pobres tanto a família dela quanto a família dele, a dele mais ainda, os objetos tinham sido escolhidos entre os mais baratos nas lojas da cidade. O presente mais caro fora dos pais dela: a bateria de cozinha. Dos pais dele fora a Sagrada Ceia de madeira, que colocaram na parede da copa. O patrão, que muito o estimava, dera um jogo de talheres. Tios e amigos da família dela haviam dado as outras coisas: jarras, jogos de copos e de xícaras, manteigueira, faca de pão, cinzeiros, uma plaquinha de madeira com a figura de dois pombinhos trazendo nos bicos uma faixa com a frase: "Aqui reinam o amor e a felicidade." A placa foi pendurada à entrada da sala.

À tarde ela o esperava no portãozinho da rua. Ele vinha com o rosto cansado. Diziam-se frases curtas sobre a lida do dia, e, quando entravam, ele a puxava contra si e beijavam-se.

Depois iam para a cozinha. Ele olhava as panelas, suspirando fundo e dizendo:

— Hum...

— No forno tem bolinho de arroz — ela dizia.

Era o preferido dele.

Ele abria o forno:

— Olha para lá: faz de conta que você não está vendo...

Tirava dois: um bolinho que segurava na mão, e o outro, que punha inteiro na boca e ia comendo a caminho do banheiro.

Ela, enquanto acabava de fazer a comida, o ouvia no banheiro, lavando-se e cantando músicas de Carnaval. Largava um minuto as panelas, unia as mãos, e, erguendo os olhos para o alto, dizia baixinho:

— Meu Deus, eu vos agradeço, eu vos agradeço...

Os apertos vieram com o primeiro filho, que batizaram de Antônio, em homenagem ao avô paterno. Era um garotinho mirrado e vivia nos médicos e farmácias. As consultas caras, os remédios pela hora da morte: no fim do mês as contas por pagar e a falta de dinheiro — empréstimos, dívidas...

A mulher punha o pequeno para dormir e ficava até mais de meia-noite bordando, enquanto ele, do outro lado da mesa, conferia contas e recibos. Não, se o patrão não aumentasse o seu ordenado, ele teria de procurar outro serviço; daquele jeito não era mais possível...

Ele era um bom empregado, e o patrão aumentou. A sogra soube e insinuou um aumento no aluguel: quatro filhos para educar, todos pequenos, só de grupo quanto não tinham pago aquele mês?

Depois que a sogra saiu, ele disse à mulher:

— Sua mãe é mais sovina que não sei o quê...

— Ela é minha mãe.

— E daí? Eu gosto muito de você; mas sua mãe, faça-me o favor: ela é tarada por dinheiro...

— É minha mãe, viu? — a mulher gritou, batendo o pé.

Ele deu uma risadinha e saiu para a rua.

O menino começou a chorar no quarto. Ela o pegou. O menino não parava de chorar. Ela gritou com ele. O menino chorou mais ainda, e ela também começou a chorar: chorava e ninava o menino e pedia a Nossa Senhora que tivesse pena dela e de todos eles.

Com um ano o menino arribou, as visitas ao médico se espaçaram, a despesa diminuiu.

Então veio o segundo filho. Isto é: os segundos — duas menininhas.

— Meu Deus! — ele exclamou, torcendo as mãos.

As gêmeas nasceram bem fortes e mamavam que nem duas bezerrinhas, no dizer da mãe, cujo leite acabou logo no começo. Ela passou a comprar leite em pó. Nem bem uma lata acabava, ela já comprava outra.

Ele viu o restinho no fundo da lata e disse que ela não se importava de fazer economia, não colaborava com ele. Ela ficou calada, para evitar discussão. Ele continuou: disse que tanto tinha de sovina a mãe quanto tinha ela de esbanjadora. Por exemplo, aquela armação dos óculos (óculos que ela acabara tendo de usar por causa do bordado à noite): havia outras que custavam a metade do preço. Mas ela gostava de coisas finas...

— Eu já disse que as outras estavam me machucando.

— Gosta de luxo... Quem sabe você pensa que é a Gina Lollobrigida?... — ele disse, segurando-lhe o queixo.

Ela fugiu de sua mão, afastando o rosto — e sentindo o cheiro da pinga. Começou a chorar.

— Chora, chora... Lágrimas de pecadora arrependida...

No outro dia ele pediu-lhe desculpas e explicou que estava muito chateado: pedira novo aumento ao patrão, e ele negara — um explorador, só pensava no bolso dele, os empregados que se danassem...

— Ele tem sido tão bom para você, bem...

— Bom? Aquele ladrão? Pois sim... Um velhaco, isso é o que ele é.

Ela queixou-se à mãe: toda tarde ele chegava meio embriagado. A mãe não teve meias palavras:

— Essa gentinha é assim mesmo: quando não dá em ladrão, dá em pinguço.

A filha se derreteu em lágrimas, o pai veio consolá-la. Abraçando-a e dando tapinhas no ombro, repreendia a mulher:

— Isso é coisa que se diga de um genro, Joana?

A mulher não parou:

— Falta de prevenir é que não foi. Cansei de falar.

A filha chorava, o pai dando tapinhas:

— Isso passa, minha filha; todo homem tem dessas coisas, todo homem gosta de tomar seu traguinho de vez em quando. Seu pai mesmo não é assim? E no entanto, modéstia à parte, não sou bom marido e bom pai? São coisas; deixa a situação de vocês melhorar, que isso passa, você vai ver. Pode confiar no seu pai, eu sei como são essas coisas...

Enfim as coisas melhoraram. O patrão não só aumentou seu ordenado, como também logo depois o convidou para substituir o gerente, que morrera.

— O senhor é como um pai para mim — ele disse, sem saber como externar sua gratidão.

Passou a vestir-se melhor e a barbear-se todo dia. Era outra coisa dar ordens. Às vezes ficava na parte mais alta da oficina, observando o serviço: guinchos de serras, motores resfolegando, homens carregando tábuas, batidas de martelo, um cheiro bom de madeira e de verniz — e de repente sua imaginação estava longe. Enchia o peito, empinava o queixo: mas, por enquanto, era só o gerente — e ia dar uma ordem.

Em casa a despesa começava a se equilibrar. Os meninos cresciam sadios, com uma ou outra doença ocasional. A mulher continuava bordando para fora. Quando ele chegava, à noite, das reuniões, ainda a encontrava curvada sobre a máquina.

— Planejaram muitas coisas hoje?... — ela perguntou, olhando por cima dos óculos, enquanto ele se mirava no espelho, primeiro de frente e depois de perfil, antes de desatar a gravata.

— Mais ou menos...

— Vou ter de comprar uns carretéis novos amanhã.

— O quê?

— Uns carretéis; uns carretéis de linha.

— Sei...

Ela tornou a olhar por cima dos óculos: ele admirava os dentes.

Depois ele foi, assobiando baixo, para o quarto, terminando a música num grande bocejo de braços abertos — ela o seguia por cima dos óculos.

Dez minutos depois, ela já o encontrou roncando. Deitada ao lado dele, ficou de olhos abertos, ouvindo os latidos do cão no vizinho.

De manhã, sozinha no quarto, contemplou-se no espelho: magra.

— Magérrima — corrigiu-se.

Branca. Branquela. Anêmica. E aqueles óculos — parecia uma velha. Como seria a outra? Cheia, macia, perfumada... Ele a abraçaria, lhe diria palavras de amor, lhe daria beijos na despedida...

— "Reuniões" — e ela atirou os óculos com força na cama, sem coragem de quebrá-los.

Gritou pelo menino: o menino não respondeu.

— Esse diabinho... Ele me paga...

Pegou a correia velha e saiu atrás do menino.

— Você grita demais com esses meninos — ele disse após o almoço, palitando os dentes, enquanto lia o jornal.

Ela não respondeu, e gritou mais ainda.

Ele foi para a sala, levando o jornal. Espichou os pés sobre a mesinha nova, de fórmica, acendeu um cigarro, e continuou a ler a notícia sobre o lançamento de mais um foguete espacial.

Imagem

A coisa apareceu com o fim da infância. Um dia, ao voltar da escola, fiquei muito tempo me olhando no espelho. Não sei por que fiquei me olhando, mas sei que foi esse dia que a minha infância acabou.

Depois houve outro dia: uma briga que eu tive com um colega mais fraco. Meti o braço nele, o coitado até sangrou. Uma moça é que não deixou a briga continuar. "Malvado, judiar assim do menino, malvado", ela dizia, com um olhar que eu nunca esqueci.

Passei o resto da tarde fechado no quarto, lembrando disso, e de vez em quando eu me dizia mentalmente: não sou malvado. Mas o olhar e a voz da moça pareciam estar dentro de mim repetindo que eu era.

Fui ao espelho para saber a verdade: não soube. Antes, eu olhava no espelho e via lá o que eu era; mas dessa vez o que eu era apareceu incerto, dúbio, enigmático, como se o espelho estivesse embaçado. Sou mesmo malvado? O espelho mostrava que eu não era. Que era. Que não era. Que era. Até que, enfezado, virei-lhe as costas.

Depois houve outra briga (eu vivia brigando): essa nem chegou a começar direito, quando entrou a professora para separar. Foi bom: se a briga tivesse continuado, eu ia apanhar, porque o outro era mais forte — mas, não sei por que diabo, ele disparou a chorar. A professora foi nos puxando pelo braço e de vez em quando olhava para mim, mas não dizia nada. Ela não precisava dizer, eu lia tudo nos olhos dela: "Você é um menino malvado." Depois é que ela disse. Ela disse: "Você não deve brigar, brigar é muito feio, um menino bonzinho como você..." Bonzinho? Bonzinho? Não, Dona Maria, a senhora está enganada, a senhora não me conhece, a senhora não sabe quem eu sou. Nem eu sabia.

Mas a coisa ainda não era tão grave, e eu acabei dando um jeito nela. Para resumir: eu decidia ter o meu tempo de bom e o meu tempo de mau. Quando me enjoava de um (ou apanhava, ou qualquer outra coisa), eu passava para o outro. Aos poucos, fui fazendo isso inconscientemente.

Até que virei rapaz — e foi aí que a coisa se agravou. Comecei a me olhar mais no espelho. Olhava-me no espelho dia e noite, maravilhado comigo. Instalei minha cadeira diante dele, não tinha mais sono, às vezes até me esquecia das refeições. Mamãe cansava-se de bater na porta, mas aquele barulho não existia (só existia eu, no espelho). Eu fazia, porém, como se existisse e ia comer a comida, que também não existia, na copa que não existia, entre pessoas que não existiam.

Depois foi passando o êxtase. Reparei na cor dos meus olhos: eu os achava bonitos (porque eram meus), mas só agora reparava que eram castanhos. Castanho-escuros. Ou pretos? Castanho-escuros. Meus braços: eu era musculoso. Mas Tonho era muito mais. Tonho era o rapaz que existia na casa que existia perto da minha e que gostava também de Maria Sílvia, a menina que existia mais do que tudo. Mas eu era mais inteligente (eu sabia), e ela gostou de mim. E era mais egoísta (eu não sabia), e ela me deu o fora. Cheguei em casa chorando de tristeza, de raiva, de perplexidade. Mas por quê? como?, eu me perguntava, chorando diante do espelho, sem saber exatamente o que eu perguntava com isso naquele desmoronar de mundo.

Foi aí que eu comecei a busca. Olhava-me dia e noite no espelho, não mais para encantar-me, mas para encontrar-me, para saber quem era aquele que estava ali, no espelho. Aquele era eu; mas quem era eu? Dia e noite olhava-me com a fixidez de olhos de águia, olhava-me dos pés à cabeça, por fim eu enxergava até os poros. Porque eu tinha de ir até o fundo — mas era como se não houvesse fundo. Chegava um ponto em que tudo escurecia, e eu não distinguia mais nada: via no espelho apenas aquela mancha escura e torturada como o borrão de um louco. Esgotava-me, sem conseguir o que queria. E um dia, quando eu estava diante do espelho, caí desmaiado.

Depois disso, passei muitos dias doente, de cama. Em casa pensavam que eu ia morrer. Eu mesmo pensava. O médico disse que se eu tivesse força de vontade, se eu quisesse, eu ainda podia me salvar: mas eu não queria. Depois daquele fracasso, eu não me importava com mais nada.

Vinha gente dia e noite me visitar: parentes, amigos, conhecidos. Principalmente à noite. Eles vinham toda noite — era, na cidade, mais um lugar aonde ir para quem não tinha o que fazer.

Ficavam na sala, conversando. Lá do quarto eu ouvia as conversas, o zum-zum. Às vezes alguém alertava: "Falem mais baixo; perturba o doente lá no quarto." Mas logo se esqueciam e falavam alto de novo. Não tão alto; mas a sala dava para o meu quarto, de porta entreaberta por causa do calor, e eu podia ouvir quase tudo.

Falavam de mim, da minha doença, minha estranha doença (eu pedira que tirassem do quarto todo espelho, todo vidro, pedia que as pessoas não entrassem de óculos), as possibilidades de recuperação, os médicos, etcétera. Depois passavam a falar mais de mim mesmo, do que eu era, cada um queria dizer o que eu era. Não preciso acrescentar que tudo o que diziam era a bem de mim, e acho que era por isso que as conversas não me cansavam e que eu, lá do escuro do quarto, procurava ouvir cada frase. Mas não era só por isso; era também por simples curiosidade.

Era estranho: às vezes eles diziam coisas a meu respeito que eu nunca poderia ter imaginado. Não eram coisas desagradáveis; eram coisas neutras, digamos, mas que me pareciam inventadas, pelo inesperado com que eu as ouvia. Era como se estivessem falando de um outro, não de mim; um outro que estaria na meia-luz da porta, entre o quarto escuro e a sala iluminada, entre mim e eles.

Às vezes esse outro era realmente outro, e eu pensava: não é assim (porque havia pessoas que inventavam mesmo, e isso me irritava ou me dava vontade de rir). Mas às vezes eu pensava: será que é assim mesmo? Ou então: é, é assim mesmo (e isso, muitas vezes com espanto).

Comecei a pensar: essas pessoas me conhecem; elas talvez possam me dizer quem sou. Esse pensamento, que se tornou mais forte a cada dia que passava, foi como uma injeção de vida. Com mais uma semana, eu estava de pé outra vez e, embora fraco, logo dei início ao plano que arquitetara nas últimas noites: visitar a casa de meus parentes, amigos e conhecidos, e, sem deixá-los perceber o que eu queria, fazer com que falassem o máximo a respeito de mim.

Comecei pelos parentes. Eu ia com a desculpa de agradecer a visita. O início da conversa era sempre o mesmo: a satisfação deles por me verem forte outra vez, como que eu estava me sentindo, se eu já estava inteiramente restabelecido, etcétera. Depois é que eu ia entrando sutilmente com o que eu queria. Não era difícil: eu tinha lido muito a respeito de métodos modernos de entrevistas. Além disso, eu conhecia bem psicologia, sabia distinguir quando a pessoa estava dizendo o que realmente pensava e quando não estava. Era como uma pescaria: eu lançava o anzol e ficava esperando o peixe morder a isca — então fisgava-o e o guardava no embornal. Em casa, ia conferir o resultado da pescaria: no espelho.

Ao chegar da primeira visita — meu irmão foi o escolhido — e me olhar no espelho, notei que alguma coisa não estava normal: a imagem, ela estava fraca, eu não via direito. Atribuí isso à minha fraqueza. Mas, no dia seguinte, o que aconteceu foi muito pior. Eu tinha ido visitar minha avó, e, quando olho no espelho, o que eu vejo? A figura embaçada de um rapazinho! No meu susto, cheguei a olhar para trás; mas não, não havia mais ninguém ali, aquele só podia ser, tinha de ser eu.

Aos poucos, com uma perplexidade que crescia, fui reconhecendo traços meus, inclusive a cicatriz de um acidente aos quinze anos. Mas e outras coisas? O jeito de olhar, por exemplo: nunca que podia ser meu. Não era. Se fosse, eu não estranharia. Mas e se fosse, e se fosse algo realmente meu que eu nunca tinha visto porque nunca poderia ter visto, assim como nunca me poderia ter visto dormindo?

Mas não, seguramente que eu não era um rapazinho de quinze anos — e, para provar isso, passei a mão em minha barba. Foi a coisa mais esquisita: o do espelho também passou a mão, para provar que não tinha barba, e eu, apesar de ter sentido que tinha, senti como se não tivesse. Eu era eu ou a minha imagem? Mas como eu podia saber se eu era eu senão pela minha imagem, a imagem que eu tinha por meio dos outros? E se essa imagem não era eu, quem era eu e quem era a minha imagem? A menos que eu fosse a imagem de uma imagem, um espelho refletindo uma imagem de outro espelho, sem nada entre os dois — o que já seria absurdo. Fui deitar com uma terrível dor de cabeça, depois de ter tomado todos os analgésicos que eu encontrei na gaveta. Mas resolvi levar a coisa para a frente. Era uma busca que eu não queria cessar — que eu não podia mais cessar.

Continuei as visitas. De cada vez que, chegando em casa, me olhava no espelho, a imagem era outra. Sempre embaçada, difusa, dúbia. Nas primeiras vezes eu dizia: não, isso não, não é assim. Ou: é isso mesmo. Ou: é mais ou menos isso; é exatamente isso; é até certo ponto isso; não é possível que seja isso; etcétera. Um dia, por exemplo, foi a imagem de um sujeito monstruoso (eu tinha ido visitar um amigo de infância, o tal que eu surrei). Eu disse, na mesma hora: não, isso é mentira, nunca que eu sou assim. Mas, com a continuação das visitas, a coisa foi mudando: olhava-me no espelho e não sabia o que dizer. Não sabia se dizia: é isso mesmo. Ou se dizia: não é isso. As imagens mais diferentes apareciam, e eu ficava mudo, contemplando-as, sem poder dizer nada. Uma ou outra vez ainda me perguntava tristemente qual era a minha verdadeira imagem, sabendo que não tinha mais sentido fazer essa pergunta.

Na minha vida as coisas mudaram. As pessoas diziam que eu andava diferente, que eu não era mais o mesmo (que mesmo?, eu me perguntava, diante do espelho, com os olhos cheios de aflição), que eu parecia outra pessoa (que outra pessoa?), que não me reconheciam mais (e eu, eu me reconhecia?). Perdi minha namorada, meus amigos, meu emprego. Ninguém mais

57

queria me empregar, por causa de minha fama de mentiroso, hipócrita, instável, doido.

Nessa época chegou à cidade um circo, e eu fui lá, na última tentativa de arranjar um emprego. Como várias de minhas imagens eram as de um sujeito engraçado, eu me apresentei ao diretor do circo como palhaço.

O diretor mandou-me dar uma demonstração. Eu dei. Ele começou a rir, e eu achei que ele havia gostado; mas a coisa era bem outra. Ele perguntou: "Quem te pôs na cabeça que você é palhaço?" Eu respondi: "Os outros." "E você acreditou nos outros?", ele perguntou. "Em quem mais que eu iria acreditar?", eu respondi. Ele olhou para mim e disse: "É, você é realmente um palhaço..." E me deu até logo.

Chuva

Da janela, o homem tinha visto a chuva começar. Viu-a depois engrossando, até se transformar num temporal. Fechou então a janela e foi sentar-se na cama.

Ficou pensando em alguma coisa para fazer. Era um sábado, à tarde. Olhou para os objetos do quarto, mas nenhum lhe deu ideias. Não havia o que fazer ali, e ele não podia sair por causa da chuva.

Pegou o garrafão de vinho, que estava ao lado da cama, e encheu o copo. Enquanto bebia e ouvia o barulho da chuva, continuou pensando em alguma coisa para fazer.

Quando o quarto ficou escuro, e ele acendeu a luz, ainda chovia. Foi até a janela, abriu-a e olhou para a rua. Anoitecia, e os postes já estavam acesos. A chuva diminuíra, e fazia frio. Uma pequena enxurrada corria pelo passeio. Pessoas passaram de guarda-chuva. Um cão magro foi andando devagar pela calçada e, à porta do bar, parou e sacudiu o pelo.

Ele voltou a sentar-se na cama. Pôs mais um pouco de vinho no copo e começou a pensar no que ia fazer à noite. De vez em quando olhava na direção da janela: já estava meio escuro, e ele não podia ver quase nada; mas ouvia o ruído da chuva. Parecia que ela não ia parar àquela noite.

Enquanto pensava no que ia fazer, ele foi vestindo o terno. Depois penteou-se, pôs a gravata e o paletó. Pendurou a capa de chuva na cadeira e foi olhar na janela. Já estava escuro. O cão havia se deitado à porta do bar.

Ele vestiu a capa e sentou-se na cama para acabar de beber. Continuava pensando. Havia uma amiga que lhe pedira que telefonasse à noite. Um amigo que o chamara para ir à casa dele. Um outro, que o convidara para a festa na casa de um terceiro. Aquela conhecida, que ele prometera visitar num sábado. E ainda os colegas de serviço, que se encontravam todo sábado no bar. E o cinema. Pensando, de vez em quando tomava um gole de vinho e olhava para a janela.

Ainda não eram oito horas, e ele ficou à janela, olhando a chuva. Passava pouca gente. Nos outros dias e com sol, a rua não tinha também grande movimento.

O cão foi tocado do bar e ganiu, fugindo para a rua. Ficou parado na chuva, depois veio andando devagar pela calçada, o rabo entre as pernas. Parou sob a janela e ficou mexendo num caixote de lixo.

Ele assobiou para o cão: o cão levantou um pouco a cabeça, e continuou a mexer no lixo. Já ia embora, e ele tornou a assobiar: o cão parou e olhou de lado, procurando.

Ele saiu do quarto e foi até a entrada do corredor. Assobiou de novo: o cão descobriu-o, mas ficou no mesmo lugar, olhando-o. Ele estralou o dedo: o cão mexeu ligeiramente o rabo. Chamou-o: o cão veio andando e parou perto do lixo. Chamou-o para mais perto: o cão andou mais um pouco e tornou a parar.

Ele então saiu do corredor, esperando que o cão viesse atrás. Da porta, divisou-o no escuro, parado à entrada do corredor. Assobiou, e o cão veio entrando, a mancha esbranquiçada se aproximando oscilante, até que de repente parou.

Ele entrou, deixando a porta do quarto aberta, e alguns minutos depois o cão estava em frente: pequeno, magro, encharcado de chuva e tremendo. Chamou-o para dentro do quarto: o cão ainda voltou a cabeça para o corredor, hesitante, depois entrou.

Deixou-o à vontade para que se acostumasse com o quarto, mas o cão não parecia estar interessado nisso e continuava parado perto da porta, olhando para ele. Ele estralou o dedo: o cão abanou o rabo.

Seguro de que o cão não iria embora, foi buscar leite e um prato no outro cômodo. Ao voltar, o cão ainda estava no mesmo lugar, mas havia se deitado, se enroscado como à porta do bar. Tremia. Percebeu-o chegando, mas não ergueu a cabeça.

Ele pôs o leite no chão: o cão viu, mas não se mexeu. Teria comido havia pouco ou estaria tão fraco que nem sentia fome? Chegou o prato mais perto: o cão olhou, e fechou mansamente os olhos. Deixou, então, o prato no chão e foi sentar-se na cama.

Ele não quer comer, pensou; o cão não estava com fome. Queria só um lugar onde não estivesse chovendo e ele pudesse dormir. Ou então nem dormir, pois conservava os olhos semicerrados: queria só um lugar onde não estivesse chovendo e ele pudesse ficar sem ser molestado.

Ainda tremia. Aquietava-se um pouco, mas a tremura logo voltava. De vez em quando, sem chegar a erguer a cabeça, o cão olhava de esguelha para ele; mas não parecia estar desconfiado ou com medo: olhava só para certificar-se de sua presença.

Mesmo assim, ele disse:

— Não precisa ter medo. Não vou fazer nada com você.

Pôs mais um pouco de vinho no copo. Tomou um gole, depois olhou para a janela. Ainda não decidira o que ia fazer.

— São várias coisas — disse, em voz alta. — Tenho de escolher uma. Mas, pensando bem, não há grande diferença entre elas. Não, a diferença não é grande. Por exemplo: a amiga do telefonema ou o amigo da festa. Ou então os colegas de serviço.

O cão sacudiu a orelha.

— Você está compreendendo?

Precisava arranjar um nome para ele. Tiu. Simplesmente assim: Tiu. Ficava bom.

— Compreende como, Tiu? É assim: a gente sente necessidade de certas coisas, então a gente sai. A gente procura outras pessoas, vozes, movimento, agitação, tudo isso. Mas depois a gente volta; a gente tem de voltar. A gente chega em casa e... Está compreendendo? Não estou te atrapalhando dormir, estou?

O cão ergueu um pouco a cabeça e ficou olhando na direção do prato. Talvez, se continuasse falando com ele, ele se animasse e resolvesse tomar o leite. Podia tomar, pelo menos dar algumas lambidas. Trouxera o leite para ele. Podia pelo menos dar uma provada. Talvez, se continuasse falando com ele, ele tomasse. Parecia mais animado agora.

— Pois é. É como eu estou te dizendo. Vocês não sentem essas coisas. Felizmente. Mas gente é diferente, gente sente. São coisas que fazem a gente sofrer. Coisas que doem.

Virou o resto do vinho na boca e em seguida pegou o garrafão. Com o garrafão numa das mãos e o copo na outra, ficou um instante olhando para o ar. Depois concluiu o gesto, enchendo o copo até a metade. Deixou o garrafão no chão.

Pela janela aberta, ouvia o ruído da chuva. Podia ouvir até a enxurrada — ou seria impressão? Viu, em sua memória, a rua molhada, os pingos contra a luz do poste, pessoas passando de guarda-chuva. Viu outras paisagens de chuva em outros dias, outros lugares, com outras pessoas; sons, vozes, pedaços de conversas, risadas...

Durante algum tempo ele ficou assim, olhando na direção da janela, esquecido da bebida e do cão.

Até que se lembrou deles de novo. Tomou então outro gole e disse para o cão:

— É por isso que a gente bebe. Por causa dessas coisas. Mas vocês não têm necessidade disso. Não precisam beber. Bom seria se a gente também não precisasse. Claro que eu gosto de uma bebida. Mas não é isso. É essa necessidade que a gente sente, essa coisa que leva a gente a beber. Na hora é bom. Por exemplo: eu estou achando bom estar aqui, agora, bebendo. Mas amanhã vou ficar triste. É isso. Não, não é bem isso. Não é exatamente isso. O que eu quero dizer é o fato de eu estar bebendo aqui, agora, eu sozinho neste quarto bebendo: isso não é alegre. Não é. Há coisas alegres, mas isso não é. Podia ser outra coisa. Quero dizer: em vez de eu estar aqui, neste quarto, bebendo sozinho, ser outra coisa. É isso que eu quero dizer, entende? Não sei, não devo estar sendo muito claro. Acho que eu não estou sendo muito claro.

O cão voltara a se enroscar, mas suas pálpebras não estavam de todo fechadas. Não parecia querer dormir. Queria apenas ficar ali, deitado, enquanto durasse a chuva ou enquanto aquele homem não se cansasse de falar com ele.

O cão parara de tremer. Ele notou isso com certo contentamento e pensou em buscar na cozinha algum pano velho com que o cão melhor se aquecesse — mas logo pensou em outras coisas e se esqueceu.

Abanou a cabeça:

— Não, você não pode compreender essas coisas.

Claro, era um cão e não podia compreender — já estaria ficando bêbado? Olhou para o copo na mão. Só tomara dois; ainda era cedo para estar bêbado. Lá pelo quarto está bem, mas só com dois ainda era muito cedo.

Encheu então o terceiro.

Não estava bêbado; era só um modo de conversar com o cão ali. Não havia mal nisso. Não havia ninguém vendo. Ele estava com vontade de falar, e o cão era um bom ouvinte: não fazia perguntas, nem lhe pedia que continuasse quando ele se interrompia. Um bom ouvinte.

— Você é um cachorro camarada, Tiu. Compreende o que eu estou dizendo? Não, você não pode compreender, pois é só um cão, um animal. Mesmo assim, eu acho bom estar aqui te falando. Enquanto isso o tempo passa, a chuva também vai passando. Depois você poderá ir embora. Ou melhor: eu terei de te tocar, porque você não vai querer ir embora. Vou ter de fazer isso. Eu não posso ficar com você: moro sozinho, trabalho o dia todo fora. Eu não poderia cuidar de você. Compreende? É só enquanto dura a chuva. Depois você terá de voltar para a rua. Mas, por enquanto, não precisa se preocupar; pode ficar aí, tranquilo. Essa chuva não vai passar tão cedo. Enquanto isso, nós vamos conversando. Eu ia sair. Vesti o terno, penteei o cabelo, e aqui estou: bebendo e falando sozinho. É engraçado. Cheguei até a vestir a capa de chuva. Eu não vou mais sair. Posso tirar esta capa. Não há mais motivo para sair. Não estamos bem aqui? Você enroladinho aí, e eu aqui, tomando o meu vinho. O que nos falta? Aliás, eu nem sei direito se eu ia mesmo sair. É verdade que eu pus roupa e tudo; mas quantas vezes já não fiz isso e não saí? Muitas vezes. Fico enrolando, arranjo uma coisa aqui, outra ali, e acabo não saindo. Hoje eu não sei se ia ser assim, mas muitas vezes foi. Às vezes eu quero sair, tenho vontade de sair, e ao mesmo tempo não quero. Nunca sei direito se quero ou se não quero. Há essa necessidade de que eu estava falando: gente, barulho, agitação. Mas depois há a volta. A gente chega em casa triste; mais triste do que quando saiu, isso é que é o pior. Não sei por quê, mas as pessoas sempre me deixam triste. Mas, se eu fico em casa, sozinho, também acabo triste. Quer dizer: não tem jeito. Eu agora estou aqui, bebendo, falando, e, de certa forma, pensando que eu estou alegre. Mas não estou; sei que eu não estou. Como pode estar alegre um sujeito sozinho num quarto, bebendo e falando com um cachorro? Ainda mais numa noite de chuva como esta, e num sábado, quando todo mundo está por aí, nos bares, cinemas e clubes, conversando, rindo, dançando, fazendo uma porção de coisas. Isso não é alegre. Mas e se eu tivesse saído? Já sei: a volta, a entrada neste quarto, os olhos pregados no escuro e aquele peso oprimindo o coração. É difícil, muito difícil. E não serve de nada pensar nisso. Eu devia pensar numa coisa mais agradável. Você, Tiu, não compreende porque é um animal, mas eu vou te dizer: gente é uma coisa muito triste. Muito triste. E é por isso que a gente bebe, que eu estou aqui bebendo, e que todo mundo bebe. A bebida faz a gente esquecer um pouco. Depois piora, ela aumenta a tristeza, e a gente fica mais triste ainda. Mas na hora é bom, ela ajuda a esquecer um pouco. Pelo menos um pouco a gente pode esquecer. E é por isso que beber é bom, e que eu bebo, e que todo mundo bebe. É por isso. Por causa disso.

O cão fechara os olhos, e agora parecia finalmente dormir: seu corpo se alteava num ritmo compassado e tranquilo.

Olhando de novo para a janela, de onde vinha o ruído da chuva, o homem, com o copo de vinho na mão, havia parado de falar.

Nosso dia

A mulher:

— O franguinho é especialmente pela data; para comemorar a nossa data.

O homem quebrou o pescoço do frango e o chupou, fazendo barulho — a boca lambuzada de gordura, os fios escuros da barba crescida brilhando.

Depois pegou a garrafa de cerveja e encheu o copo até a espuma crescer acima da borda.

Olhou para a mulher, que estendera o copo:

— Você não pode.

— É só um pouquinho. Hoje é nosso dia...

— Depois vai queixar de dor de cabeça.

— Não vou, não. E mesmo que... Hoje é nosso dia, não tem importância se... É só um pouquinho, só até aqui... Aí...

O homem pôs a garrafa no meio da mesa.

— Quero ver à noite — ele disse.

— Não vou ter nada, você vai ver.

— Quero ver...

Dez anos, a mulher estava pensando, dez anos...

— Dez anos, hem?...

— Cadê a pimenta?

— Mais? Pus três malaguetas!

— Três malaguetas: o que é três malaguetas nessa comida toda?

— Pimenta demais faz mal para a saúde.

— Deixa fazer.

— Vai virar fogo.

— Você vai ou não vai buscar?

— Que pressa; você não pode esperar um pouco, não?

A mulher buscou a pimenta.

O homem pegou o vidrinho e pôs três no prato. Esmagou-as e distribuiu o vermelho pela comida.

— Estou lembrando — a mulher disse: — era um dia tão azul... Lembra?...

A cabeça: lembro — sem interromper a vigilância dos olhos no prato de comida.

Um dia tão azul... Sou hoje a mulher mais feliz do mundo... Você está a noiva mais bonita do mundo...

— Merda, esse osso não quebra!

— Lembra daquela velhinha que quis nos cumprimentar primeiro que todo mundo? "Muitas felicidades, meus pombinhos; muitas felicidades..." Lembra?

— Uma velhinha? Não sei.

— Ô, aquela velhinha, aquela velhinha magrinha que nos cumprimentou primeiro que todo mundo; não lembra?

— Eu vou lembrar de uma coisa dessas?

— Mas foi no nosso casamento, bem.

— E o que tem isso?

— Você devia lembrar.

— Pois não lembro de nenhuma velhinha.

— Não sei como você não lembra.

— Vê lá se eu vou lembrar de uma coisa dessas... A igreja toda enfeitada de lírios...

— Você viu os lírios?

— Lírios?

— Na sala, os lírios que eu comprei: você não viu?

— Comprou?

— Já vem você... Não precisa fazer essa cara de reprovação. Não custaram tão caro assim. Você nem sabe quanto custaram.

— Não sei nem quero saber: estragaria a minha digestão.

— Se fosse uma bebida, você não diria nada.

— Claro, uma bebida...

— Mas lírios...

— O que eu vou fazer com lírios?

— É, você não tem mesmo sensibilidade.

— Ter sensibilidade com o dinheiro dos outros é fácil.

— Pensei que o dinheiro fosse nosso.

— É nosso, mas não para gastar à toa. Engraçado, então eu dou o murro lá na loja para você depois comprar lírios? Tem graça.

71

— Você não tem sensibilidade. Você não pode compreender essas coisas. Você não sabe o que é ternura, o que é carinho. Foi para você, para nós, pelo nosso dia que eu comprei os lírios. Foi também por isso que eu enfeitei a casa, que eu coloquei essa toalha nova na mesa: mas você não notou nada disso. Uma palavra, esperava pelo menos uma palavrinha sua sobre o nosso dia, uma palavra de carinho, uma brincadeira... Nada. Foi como nos outros dias; não teve absolutamente nenhuma diferença dos outros dias. Como nos outros dias, desde que você sentou aqui você só pensou em uma coisa: comer; comer e beber. Não teria importância nenhuma se eu não estivesse aqui. Não, nenhuma; nenhuma importância.

A mulher se calou.

— Que mais? — disse o homem. — Estou esperando.

— Não tem mais; eu já acabei.

— Já? Bem: então agora me deixe comer em paz.

O homem arrotou, e continuou a comer.

O violino

Havia, no fundo do porão, um canto onde eu jamais tinha tocado, por motivo que eu ignorava. Medo? Mas medo de quê, se estavam ali apenas coisas, apenas objetos antigos, estragados, fora de uso?

No entanto, o dia em que, sozinho, me encaminhei para lá decidido a mexer nos objetos, era como se eles, à medida que eu me aproximava, se encolhessem no escuro, querendo fugir de mim e me pedindo que eu fosse embora. "Não, não, deixe-nos", pareciam gemer, mas eu caminhava com os passos duros do vivo que vai ver na cova as deformações imprimidas pela morte num rosto belo em vida.

E quando — depois de hesitar um minuto, olhando para o amontoado de objetos — eu abri a tampa de um baú, algo repentinamente mudou. Aquele gemido cessou, e uma sensação terrível caiu sobre mim, como se eu tivesse acabado de cometer sacrilégio; tão terrível, que eu gritei e saí correndo. Mas era tarde: o sacrilégio já fora cometido. Parei antes de chegar à porta; acusei-me de medroso, não havia nada, que medo bobo era aquele? Fora tudo impressão, não acontecera nada, o que uma coisa podia fazer?

Voltei e, sem medo, comecei a mexer nos objetos, procurando enxergá-los na pouca luz que até ali chegava. Uma caixa de papelão com retalhos de pano, meias, um par de luvas — quem as usara e em que tempo? Outra caixa: envelopes de cartas, recibos, caderninhos de capa preta. Uma lata: carretéis vazios — quem os guardara e para quê? Talvez algum menino, talvez até eu mesmo, quando menor, tivesse brincado com eles. Ou seriam de uma geração mais antiga? Um baú grande: este devia ter muita coisa interessante. Abri: vazio. Detrás dele, encostada à parede, uma caixa de madeira em formato especial: um violino. Foi o mais interessante da aventura, até ali sem grandes surpresas para a minha curiosidade. Com o violino senti-me recompensado.

Levei-o para a parte mais clara do porão e o abri: a caixa era roxa por dentro, forrada de feltro — parecia um caixão. Ao abri-la, senti como se algo, que estivera morto e encerrado ali por muito tempo, de súbito, com a luz, ressuscitasse e pedisse agora que fosse levado de volta à vida que existia fora do porão, cheia de ar, som e claridade.

Num pequeno compartimento da caixa, um pedaço de breu e uma corda de violino enrolada. A corda parecia nova; antes de ser usada, o violino viera para o porão — por quê? Quem o tocara e por que parara de tocar, tão subitamente que uma corda nova não chegara a ser usada? Alguém que já morrera? Mas quem? Eu nunca ouvira falar de alguém, na família, que tocasse ou tocara violino. Seria algum amigo ou conhecido que o ofertara de presente?

Todas as respostas eu saberia dentro de casa. Mas, antes disso, ainda havia muito o que fazer ali com o violino, a descoberta apenas começara. Tirei o arco e deslizei o polegar pela crina retesada. Como se segurava um violino? Ajeitei-o numa posição incômoda, não encontrava outra. Fiz uma pose imaginária de violinista e tirei o primeiro som: rouco, abafado — mugido de vaca. Experimentei outra corda: um som agudo e fino. Todas as cordas tinham um tom gemente. Passei rápido o arco, tentando tirar sons melódicos, mas era como se as cordas não quisessem me obedecer, ou estivessem me tapeando, ou se divertindo à minha custa, fazendo aquilo de propósito para me irritar. Mas eu cismara de tocar alguma coisa, pelo menos um pedaço de *Sobre as Ondas,* que eu ouvira uma vez, no rádio, tocada em violino. E insisti, cada vez mais irritado, até que achei ter conseguido um som parecido com a música. E então veio outra insistência: a de repetir o som. Desisti e, aguçado de novo pelas indagações, saí do porão, levando sob o braço a caixa com o violino.

Dentro de casa, bastou um olhar para eu descobrir o dono do violino. Como Tia Lázara era quem mais sabia os casos da família, fui procurá-la primeiro, no quarto, onde ela ficava o dia inteiro costurando. Olhou-me com displicência; depois voltou-se repentinamente e encarou o violino; e, depois de alguns segundos em que parecia paralisada pelo que via, olhou de novo para mim e perguntou: "Onde você pegou isso?" Sua voz e seu olhar fizeram-me esfriar de medo. "No porão", balbuciei.

Houve um instante de silêncio, em que ela voltou a olhar para o violino. Parecia enfeitiçada por ele; parecia querer e ao mesmo tempo não querer olhar para ele. E eu, querendo desembaraçar-me dele, mas permanecendo imóvel — como alguém que, descobrindo uma bomba-relógio e sabendo que faltam só alguns segundos para ela explodir, ficasse tão aterrado que, em vez de atirar a bomba para longe, continuasse com ela na mão. Eu estava para dizer: "Já vou levar ele de volta", e então sairia dali. Mas nada dizia nem fazia.

Então ela disse: "No porão?" Mas dessa vez a voz foi inteiramente outra, não tinha mais a violência anterior: era a voz de alguém que está pensando e diz uma frase só por dizer e continuar pensando. Minha paralisia acabou e, animado pela mudança da voz, eu disse: "Estava dando uma olhada lá e achei ele num canto. É da senhora?" "É", ela disse, prolongando o "é" com a cabeça: "é meu..." E como que atendendo a um gesto seu, embora ela não tivesse feito nenhum e continuasse somente olhando, aproximei-me dela e estendi-lhe o violino. Ela o pegou.

Pôs a caixa no colo e abriu-a. Ficou olhando como se nunca tivesse visto um violino, ou não soubesse para que servia aquilo, e estivesse curiosa e maravilhada. Então pegou o violino, com a solenidade de um sacerdote pegando a hóstia consagrada, e tirou-o com cuidado e carinho da caixa, que ela deixou sobre a máquina de costura. Segurou-o no colo como se fosse uma criancinha e, como se fosse uma criancinha, deslizou a mão por ele suavemente, com uma expressão que eu nunca vira em seu rosto: uma expressão de felicidade. Essa expressão mudou-se para outra, divertida, de menino que achou o brinquedo perdido, e depois para outra, de nostalgia. Por fim, observando-a sempre, enquanto ela mesma parecia ter se esquecido de mim, eu não sabia se ela estava alegre ou triste por causa do violino; e esperava com ansiedade o momento em que ela pegaria o arco e começaria a tocar.

Não resisti à espera e perguntei: "A senhora sabe tocar?" Ela respondeu com a cabeça, sorrindo de novo com a expressão de felicidade. E então, colocando o violino em posição de tocar, muito séria e concentrada, feriu os primeiros sons, os olhos no ar, escutando. Parou. Apertou as cordas. "Tem uma corda nova ali dentro", eu disse. Ela sacudiu a cabeça. Continuou mexendo nas cordas. Sentei-me na cama dela, ao lado, e fiquei calado e atento esperando. Ela tornou a firmar o violino sob o queixo e recomeçou, para em seguida interromper de novo e mexer nas cordas. Mas, da terceira vez, saiu uma música — uma música triste, que eu não conhecia. Pela sua expressão, enquanto ela tocava, eu via que nada do que havia ali, ao redor, existia para ela naquele momento. Nem mesmo eu, que a escutava. Só existia aquela melodia triste. E quando ela parou e olhou para mim, parecia ainda que não estava me vendo, como se ela fosse cega.

"Bonito", eu disse. Ela sorriu, e dessa vez olhou mesmo para mim e pareceu contente por eu estar ali escutando-a e por ter comentado que achara bonito.

"A senhora sabe tocar *Sobre as Ondas*?", eu perguntei. Sem dizer que sim, ela começou a tocar. Era maravilhoso. "Que mais que você quer que eu toque?" Eu pensei. "Tem jeito de tocar *Chiquita Bacana*?" Ela disse que *Chiquita Bacana* não era música própria para violino, eu dissesse outra. Fiquei pensando, encrencado naquele "música própria para violino"; não tinha coragem de dizer as que eu estava lembrando. "Toca *Sobre as Ondas* outra vez...", eu pedi. Pensei que ela fosse negar, mas não, ela tocou; sempre com aquela expressão séria e ao mesmo tempo sonhadora. Eu era doido com *Sobre as Ondas*; ela me dava vontade de chorar.

Depois Tia Lázara tocou outras músicas, que ela ia lembrando e me perguntando se eu conhecia. Eu não conhecia quase nenhuma; só conheci *Branca*. Algumas músicas eram de compositores famosos, os grandes mestres da música — ela me explicava, dizendo os seus nomes, nomes estrangeiros. O que era dos grandes mestres devia ser tudo bonito, mas houve umas músicas que eu não achei nada bonitas. Mas eu não dizia...

Eu não sabia o que mais me prendia ali: se a música ou se o fascínio que irradiava da violinista — aquela paixão com que ela tocava e que me fazia ficar imóvel, quase sem piscar.

De repente lembrei-me que eu tinha de ir para casa, que Mamãe estava me esperando. Fiquei indeciso sobre o que dizer. Por fim, eu disse: "A senhora quer que eu leve ele agora para o porão? Ou..." "Pode deixar, depois eu levo", ela disse, sorrindo, sem largar o violino. Fui ouvindo-o até chegar à rua.

E no dia seguinte, ao voltar, logo que entrei na sala ouvi de novo o violino. Fui direto ao quarto.

Titia estava lá. Havia uma porção de músicas, de álbuns, espalhados em desordem na cama, velhos, amarelados, alguns rasgados. Onde teriam estado guardados? No porão? Em alguma caixa, escondida no fundo de um armário?

Li alguns nomes em voz alta. Sem largar o violino, Titia me corrigia, ensinando-me a pronúncia correta de nomes estrangeiros. Isso estimulou a minha vaidade infantil, e, com pouco, eu já estava dizendo para os meninos de minha roda que eu sabia falar inglês, francês, italiano e alemão...

Quando eu encontrava alguma música que eu conhecia pelo título, procurava "vê-la" naquelas gradinhas com bolinhas dependuradas, perninhas e cobrinhas esquisitas. Mas não havia jeito, por mais que eu me esforçasse e que colaborasse com a imaginação: como que aquela música podia estar ali? Tomei raiva daquelas páginas, que eu não podia entender. Admitia que ali estivessem as músicas que eu não conhecia. As que eu conhecia, não: essas estavam é mesmo no ar, bastando a gente começar a cantar ou tocar — não tinham nada a ver com aqueles rabiscos antipáticos.

Tia Lázara tocava, parava, demorando-se na página — que ela pusera em pé, encostada na máquina de costura —, dava mais uma tocadinha, sempre olhando para a página. Deixou o violino — havia duas horas já que estava ali tocando, contou

— e olhou para mim. Sorriu, mas não por causa de alguma coisa: sorriu apenas porque se sentia feliz.

"Quer ser o meu secretário?", ela me perguntou, e eu imediatamente respondi que sim, sem saber o que implicava ser secretário dela; de qualquer modo, ser secretário de gente grande só podia ser coisa divertida. "Então você está contratado", ela disse. "A partir de hoje você é o meu secretário oficial." O "oficial" me deu mais importância ainda. Eu quis logo saber o que eu tinha de fazer, já entusiasmado para fazer fosse o que fosse e que eu imaginava estar relacionado ao violino. "Aos poucos eu vou te dizendo. Para começar: quero todas essas músicas empilhadas em ordem. Entendido?" "Entendido." "Então mãos à obra."

Pelo terceiro dia a notícia já havia corrido na família: "A Lázara voltou a tocar violino." Alguns já tinham inteiramente se esquecido de que ela, em tempos passados, tocara violino. Outros, os mais novos, nunca tinham sabido disso. E por que ela parara?, eu quis saber por Mamãe. Mamãe me contou que ninguém sabia. Lázara jamais dissera por quê. Um dia parara repentinamente de tocar, e nunca mais recomeçara — mas jamais dissera a alguém por quê. Alguma contrariedade, alguma desilusão, mas ninguém sabia com o quê, ou de quê, e não adiantava perguntar a ela, que ela não dizia. Lázara fora uma aluna brilhante, tivera professores de fora, professores estrangeiros. O violino fora a grande paixão de sua juventude.

A transformação que nela se operou aqueles dias foi tão grande, que Tia Lázara parecia ter virado outra pessoa. Mas essa outra pessoa, eu percebia, é que era realmente ela, e não a que eu sempre conhecera — carrancuda, nervosa, calada, triste, pálida — e que era como que um túmulo, de onde o violino havia ressuscitado a verdadeira.

Muitos da família, ao verem-na assim, acharam que ela estivesse perturbada, ou então secretamente apaixonada por algum homem. Mas logo descobriram que o violino era a causa única daquela transformação. Alguns, então, estimularam-na a prosseguir, enquanto outros acharam cômico e fizeram comentários que circularam pela família. Diziam, com um risinho, que aquilo era "passagem de idade". Eu não sabia o que era "passagem de idade", mas detestava aquele risinho.

Eu gostava é dos que diziam: "Maravilhoso, Lázara; você toca divinamente, uma verdadeira artista!" Sentia-me então com direito a pelo menos um terço do elogio, porque fora eu que desenterrara o violino do porão e que acompanhava as horas de estudo dela e que a auxiliava e que era o seu secretário oficial — e eu sorria, cheio de mim, enquanto ela mesma pouco parecia se importar com o elogio, como não se importava também com os comentários irônicos. Era uma coisa que estava dentro dela e que era tão forte que não precisava de os outros ajudarem, nem podiam os outros destruir. Eu sabia: era a moça que ela fora que estava ali dentro, que ressuscitara. Era essa moça que a fazia ter aquela expressão de felicidade que eu nunca tinha visto antes em seu rosto.

E era essa moça também que a fez abandonar definitivamente a costura, sob discussões, protestos e profecias do resto da família. Nem os que achavam que ela tocava divinamente a apoiaram esse dia. "Você é o único que me entende nessa família de bugres", ela me disse, sentida com os outros, que diziam que ela havia perdido o bom senso — onde já se viu isso nessa idade? — e que ela ainda haveria de se arrepender seriamente.

Éramos os dois contra o resto da família, que eu também passei a chamar de bugres. Eu desprezava-os; não tinham "sensibilidade artística", como dizia Titia. Contou-me ela que a história dos grandes mestres era cheia dessas incompreensões e injustiças, mas que eles não se deixaram abater por elas, e um dia acabaram triunfando. Com ela também haveria de ser assim, ela disse. Eu sacudi a cabeça, concordando, e prometi segui-la até o fim, até o triunfo — triunfo que traria, entre outras coisas, o meu aprendizado de violino com os melhores professores do mundo e viagens nossas por uma dezena de países estrangeiros...

Aos domingos, Tia Lázara me levava com ela ao cinema. Começávamos a ficar famosos na cidade, e, ao entrarmos no cinema, eu percebia os olhares sobre nós. Eu correspondia, abanava a mão, ria à toa. Até que Titia me explicou que um artista não liga para essas coisas, para essas insignificâncias. E então passei a não ligar também — a fingir que não ligava, porque, dentro, estava doido para ver quem estava olhando para nós e o que conversavam atrás...

Começou a correr a notícia de um concerto que Tia Lázara ia dar na cidade. Era verdade: ela pretendia mesmo dar um concerto público de violino. Arranjou lugar, mandou fazer ingressos e convites, pôs aviso no jornal e no rádio. O concerto foi marcado para um sábado, à noite, no salão de um dos clubes da cidade. Algumas pessoas tentaram dissuadi-la de seu intento. Uma — por inveja, Titia me contou — disse que ela já estava de idade, que ninguém iria ao clube sábado, à noite, para ver uma senhora de certa idade tocar violino. Ela respondeu que a idade não importava, o que importava era a arte. Outra disse que ela não estava habituada, podia ficar muito emocionada na hora e sofrer alguma coisa. "Se eu morrer, que seja pela arte."

E, enquanto isso, ela continuava — ajudada pelo secretário — a se preparar para o concerto. Papai disse que, já que ela não desistia, pelo menos arranjasse uma outra pessoa, que tocava outro instrumento, para que tocassem as duas juntas. Titia não aceitou a sugestão, mas, talvez influenciada por ela, teve uma ideia: a de eu cantar as músicas — algumas em francês —, ideia que me fez vibrar de alegria.

Mas o fracasso dos primeiros ensaios a pôs por terra: eu não cantava um minuto sem que, de repente, não sabia por quê, me desse uma vontade besta de rir, e eu disparava a rir. "Você é impossível", Titia dizia. Mas não era por minha vontade, era uma coisa mais forte do que eu. Desistirmos, ela nunca proporia, para não me magoar; fui eu mesmo que, sem mágoa alguma e até com alívio, o propus. Ela disse que, de outra vez, tornaríamos a ensaiar. E continuamos os preparativos, até a noite do espetáculo.

Pus meu terno, e uma gravatinha-borboleta que ela havia me dado de presente no meu aniversário. Papai me levou, fomos dos primeiros a chegar. Quando Titia surgiu no palco, ainda havia muitos lugares vazios; e num momento, depois de cumprimentar a plateia, em que ela ficou parada, olhando, percebi que eram as cadeiras vazias o que ela estava olhando e fiquei preocupado, pensando se não tinha um jeito para aquilo — mas já o concerto havia começado.

A primeira parte constava de três valsas brasileiras, e foi aplaudida, mas as pessoas eram poucas e as palmas soaram fracas, e eu até pensei se não teria sido melhor se não tivesse havido palma nenhuma do que haver aquelas palmas pingadas. Eu, eu bati com toda a força, para aumentar o barulho; mas, naquele sem-graça, parecia que eu estava fazendo aquilo de molecagem. E na terceira valsa, já não bati com tanta força, contaminado pela frieza da plateia e sentindo a inutilidade do meu esforço.

Mas Titia não parecia deixar-se afetar, e continuava tocando, sem alterar a expressão da fisionomia — uma expressão séria, um pouco demais, como se ela estivesse ocultando, segurando algo que não queria deixar transparecer. Ela não estava tocando com a paixão com que tocava no quarto. Por quê? Medo da plateia? Eu estava preocupado, o concerto não estava saindo como eu esperava, como eu imaginara — como nós dois havíamos esperado e imaginado.

Eu quis, no intervalo, ir detrás do palco, mas Papai disse que era melhor eu esperar ali, que no final iríamos lá. Vi algumas pessoas saindo do salão e pensei que elas voltariam logo, que tinham ido à toalete ou então comprar cigarro; mas quando começou a segunda parte, composta de música dos grandes mestres, elas ainda não tinham voltado, e então compreendi que tinham ido embora e senti ódio delas.

A plateia ficara em menos da metade, só dez pessoas, e eu percebi de novo aquele olhar de Titia — desta vez nitidamente decepcionado — em direção às cadeiras vazias. Eu queria desesperadamente fazer alguma coisa por ela, mas sentia que não havia mais jeito, que tudo fora um terrível fracasso. E agora só desejava que o concerto acabasse o mais rápido possível e aquelas pessoas fossem embora, deixando-nos a sós.

Quando Titia terminava uma música, eu olhava para o chão — para não ver no seu rosto aquelas palmas mortas. Rezava mentalmente para o tempo passar depressa, fechava os olhos, procurava pensar em coisas fora dali, mas aquela agonia nunca que acabava. Até que houve um silêncio; ouvi as palmas; abri os olhos: o concerto tinha acabado.

Em cinco minutos o salão estava vazio. Papai e eu fomos detrás do palco. Papai abriu os braços e encheu a boca com um "magnífico!" "Obrigada", Titia respondeu, sem olhar para ele. Arranjava o violino na caixa. Papai não achou mais o que dizer. Quanto a mim, não pude dizer uma palavra; pensei que, se eu fosse falar, irromperia num choro. "Vamos?", ela disse. Fomos descendo as escadarias do clube. Nem uma só vez ela olhou para nós.

Não sei se o violino voltou para o porão, porque nunca mais entrei lá. Pode ser que ele tenha voltado, mas pode ser também que Tia Lázara o tenha simplesmente deixado numa gaveta ou em cima de algum armário. Não tornei a vê-lo.

Os parentes alegraram-se pela volta de Titia à costura, elogiaram o seu bom senso, a sua inteligência, a sua coragem de reconhecer o erro. "Erro? Vocês é que foram os culpados, seus bugres!", eu protestei, defendendo-a. "Não fale assim com eles", ela disse, "eles são seus parentes." Olhei espantado: ela? Ela é que me dizia isso? Tia Lázara? Então aquilo acabara mesmo, acabara de tal modo que não ficara nada, absolutamente nada?

Acabara. Acabara tudo. A moça a deixara, a paixão a deixara, a felicidade a deixara, o sonho a deixara. Ela estava morta de novo. Minha tia estava morta.

Dois homens

Os dois homens estão sentados à mesa do bar. O mais novo deve ter uns trinta anos; é gordo, cabelo cortado baixo, camisa esporte. O outro, já velho, de cabeça branca, é magro e está de terno e gravata. Olhando bem, vê-se que têm traços comuns: devem ser pai e filho.

Estão sentados um frente ao outro. Na mesa, forrada de branco, há uma garrafa de cerveja vazia, copos vazios e pratinhos sujos, com talheres e com guardanapos de papel embolados. Acabaram de comer há algum tempo. Depois disso, devem ter palitado os dentes, o velho ocultando educadamente o palito com a outra mão, ou então, não tendo mais dentes, ficado a observar o filho palitando, sem o recato com que ele o teria feito.

Mas isso o velho teria apenas observado, sem fazer alguma reflexão, como, por exemplo, que os tempos mudaram e os costumes de seu filho não são mais os seus e que ele está velho. Não, ele não tem o ar melancólico de quem tivesse pensado essas coisas, ou outras semelhantes, que tivessem como causa o filho à sua frente. Ele teria apenas observado, apenas olhado, como agora olha na direção da porta de entrada do bar, sem que pareça estar pensando nela.

Na verdade, é difícil imaginar o que ele está pensando, pois ele parece não estar pensando em nada; parece não estar pensando. E parece também não estar olhando para coisa alguma: seus olhos estão abertos e seu rosto está voltado na direção da porta, mas não parece haver nada ligando-o à porta ou a outra coisa fora a porta. Há já algum tempo que ele está assim, imóvel, sem fazer nenhum gesto, sem nada nele que se mexa.

Em frente, o filho, que, depois de palitar e largar o palito no pratinho, deve ter firmado o cotovelo na mesa, segurando o queixo com a mão espalmada, e assim até agora está. É uma posição que se diria de cansaço ou de tristeza, mas o rosto não expressa nem uma coisa nem outra: como o do velho, seu rosto não expressa nada, e ele também parece não estar olhando para nada.

Há talvez uns quinze minutos já que os dois estão assim, sentados um frente ao outro, sem dizer nada e sem fazer nada. Sob a luz clara do bar, entre as outras mesas, cheias de gente, conversas e ruídos, eles dão a impressão de dois objetos sem nenhuma relação entre si e com o mundo ao redor, e que se acham ali por mero acaso, e que serão recolhidos com a garrafa, os copos e os pratinhos pelas mãos ágeis do garçom, que, não vendo neles nenhuma utilidade, os lançará ao lixo.

Espetáculo de fé

O espetáculo de fé — notável, admirável, incomparável, como disseram os jornais — estava marcado para as oito horas da noite de sábado, mas já antes, pelas três horas da tarde, haviam começado os preparativos, e até mesmo antes, de manhã, e antes ainda, na véspera, não simplesmente no dia anterior, mas em todos os dias que antecederam de perto aquele sábado e que formavam no coração de milhares de fiéis um só e dilatado instante de espera e contida vibração desde que no púlpito das igrejas e depois na rua, em faixas e com boletins distribuídos nas esquinas, nos jornais e no rádio, se havia anunciado a visita da imagem de Nossa Senhora Aparecida, a Padroeira do Brasil, à cidade, e embora houvesse aqueles para os quais isso pouco ou nada significasse — os de outras crenças religiosas, os sem crença, os indiferentes —, tal era a atmosfera e a agitação da cidade nesses dias, que se podia dizer, e era o que diziam as faixas, os boletins, os jornais, o rádio, que toda a cidade estava à espera de Nossa Senhora Aparecida, ainda mais que a cidade era uma das capitais mais tradicionalmente católicas do Brasil.

Houve o dia da chegada — apoteótica, como disseram os jornais — da imagem à cidade, com os carros desfilando desde o aeroporto e buzinando pelas ruas, diante de olhos comovidos e vibrantes que esperavam, ou de olhos simplesmente acidentais, curiosos, indiferentes, irônicos, e os foguetes, e o alto-falante anunciando na frente, tendo logo atrás o Cadillac preto com a imagem, demasiado rápido, embora não corresse, demasiado rápido como no instante o tempo todo esperado em que no strip-tease a dançarina despe a última peça, para em seguida, demasiado rápido, desaparecer por trás da cortina do palco, o arcebispo e demais autoridades numa pomposa mistura de vestes e cores, cabeças eretas, rostos impassíveis, sagrados, gloriosos, inacessíveis, com a imagem que, reza a tradição, foi encontrada num rio por um pescador pobre.

Houve esse dia, essa noite da chegada, em que "milhares de fiéis se acotovelaram nas esquinas para assistir à passagem da imagem milagrosa da Padroeira do Brasil, numa comovente demonstração de fé", como noticiou um jornal, "dia esse tão caro aos nossos corações, em que nossa mãe celeste, numa graça especial, visita a nossa cidade".

Essa visita durou uma semana, "durante a qual Nossa Senhora Aparecida prodigalizou suas inefáveis bênçãos sobre as nossas cabeças", como disse outro jornal. E então chegou sábado, o esperado dia em que toda a cidade se reuniria para receber a bênção, prestar a homenagem e dar o seu adeus à imagem milagrosa, que sairia de uma igreja no centro da cidade e percorreria a avenida mais importante, em direção à catedral, onde se realizaria a concentração.

Às três horas da tarde já estavam varrendo a escadaria da catedral, onde se celebravam as solenidades ao ar livre, enfeitando o altar, experimentando o alto-falante, a voz dizendo "alô; alô", e depois repetindo espaçadamente "a-lô; a-lô", até que parou, e, passado um pouco, começaram a tocar hinos religiosos a Nossa Senhora. Às cinco horas chegou o carrinho de pipoca, que se instalou na esquina. Às seis já havia algumas pessoas na praça, pequenos grupos conversando, crianças correndo na grama, rostos debruçados nas janelas das casas nesse instante parado em que falta meia hora para o jantar e o dia se imobiliza, antes de caminhar para a noite. Às sete as luzes da rua já estavam acesas e toda a praça iluminada por um colar de lâmpadas suspenso nas árvores, o altar pronto para a missa, a praça cheia, o pipoqueiro mal tendo tempo de conferir o dinheiro, enquanto a pipoca estala no fogareiro e cheira no frio da noite fria de maio.

"Viva Nossa Senhora Aparecida!", gritou o padre quando a procissão apontou na esquina, e todos gritaram "viva!", não como milhares de vozes partindo de milhares de pontos da praça, mas como uma só voz deflagrada num só instante, calorosa e forte, por sobre os milhares de cabeças, como se estivesse preparada para aquele instante, encolhida no silêncio e na espera, como um gato encolhido antes do pulo, desde as primeiras vozes ouvidas na distância cantando hinos, encolhendo-se mais à medida que essas vozes iam se tornando mais nítidas e mais próximas, encolhendo-se até o instante fechado e tenso deflagrado pela voz do padre, quando toda a praça se alastrou em palmas. "Viva Nossa Senhora Aparecida!", tornou a gritar o padre, e todos responderam um "viva!" ainda mais caloroso e mais forte, e a procissão a essa altura já ia entrando na praça, inteiramente tomada daquele lado. "Nossa Senhora se aproxima, irmãos, Nossa Senhora está chegando, vamos gritar mais alto ainda, todos juntos: viva Nossa Senhora Aparecida!" "Viva!" "Mais alto ainda, bem alto para que ela nos ouça: viva Nossa Senhora Aparecida!" Dessa vez a voz do padre saiu rouca e desafinada, e a resposta da multidão não foi tão forte, e então ele, com a voz rouca e desafinada, começou a cantar o hino a Nossa Senhora Aparecida, pedindo à multidão que cantasse com ele, e a multidão cantou com ele, que então parou de cantar e pôs-se a dirigir do microfone a chegada da procissão, que já havia entrado na alameda da praça, em direção ao altar: pedia às pessoas que estavam chegando que se distribuíssem pelos lados, onde havia mais espaço, que não se aglomerassem ali, para não dificultar a chegada dos demais e do andor com a imagem quando eles chegassem, e, depois de uma pausa, em que, dali de cima, supervisionou a multidão, retomou o hino no ponto em que estava, para novamente interromper e pedir que deixassem livre o espaço ali, diante do altar, reservado para as congregações religiosas, e recomeçou o hino, que a multidão já havia terminado, parando novamente em seguida e dessa vez descendo a escadaria e indo em direção à multidão num passo rápido e decidido, abrindo os braços e dizendo "afasta, afasta, afasta", enquanto com os braços fazia o gesto de afastá-los, de empurrá-los quase, fosse isso preciso, não o sendo, porém, já que era logo obedecido, mas a multidão, lentamente e talvez inconscientemente, tornou a avançar no espaço deixado livre, mas a essa altura já as congregações religiosas haviam começado a chegar e a ocupar aquele espaço, e o padre tinha a atenção voltada para elas, pedindo que fizessem filas, dizendo em seguida — tudo isso no microfone de novo — que pedira que fizessem filas e não estava vendo fila nenhuma, e dizendo logo depois, quando todas as congregações já estavam ali — filhas de Maria, congregados marianos, apostolado da oração, legionárias de Maria, vicentinos, e outras menos numerosas —, que fizessem filas bem-feitas para agradar a Nossa Senhora, que já vinha triunfalmente entrando na praça, e então, após uma pausa, tornou a gritar, com a voz rouca e desafinada: "Viva Nossa Senhora Aparecida!", e a multidão respondeu: "Viva!", e o padre disse que estava muito fraco, que era preciso gritar bem alto para que Nossa Senhora visse como era grande a fé daquele povo, e então gritou com tanta força que deve ter perdido o equilíbrio, pois oscilou, batendo com o braço no microfone, que tombou, batendo na cabeça de um coroinha, que gritou de susto e dor, mas o padre, ato contínuo, apanhou o microfone e teve tempo ainda de gritar "palmas! palmas! palmas para Nossa Senhora!", quando o andor com a imagem já caminhava por entre a multidão em direção ao altar, e toda a praça se alastrou em palmas, que iam diminuindo e tornavam a crescer e de novo iam diminuindo, até que foram cessando, e por fim cessaram, e a praça se tornou um só silêncio e uma só espera: então uma voz infantil subiu musicalmente no ar, saudando a imagem. Quando a saudação terminou, seguiu-se novo silêncio, em que o arcebispo se aproximou do microfone, com o solene passo do ator principal, cônscio de seu papel principal, de uma empolgante peça de teatro, dando entrada no palco; de cabeça erguida, mãos cruzadas à frente, depois de passar solenemente o olhar pela multidão silenciosa e atenta, ele começou: "Caríssimos irmãos em Nosso Senhor Jesus Cristo: hoje é um dia de júbilo sem par em nossos corações; um dia de incomparável felicidade; um dia em que toda esta cidade se irmana numa festa de devoção e amor àquela que é a melhor de todas as mães, nossa Mãe Santíssima, Nossa Senhora Aparecida, a Padroeira do Brasil."

Nesse instante o padre do microfone já havia se afastado do altar e entrado na igreja, ouvindo aquela voz lá fora enquanto caminhava para os seus aposentos. Deitado, ouvia ainda a voz, mas sem ter consciência disso, pensando como estava no que lhe acontecera, não propriamente preocupado — o rosto, habitualmente muito vermelho, estava um pouco pálido, mas os olhos, fixos no teto, não revelavam preocupação —, e sim contrafeito por se ver tão inesperadamente excluído da solenidade, no momento em que ela apenas se iniciava, quando passara todos os dias da véspera esperando-a, preparando-a, e certamente era isso, o trabalho excessivo daquela movimentada semana, que provocara aquela tonteira, um embaçamento da vista, que o fez perder por um instante o equilíbrio. A outra vez que tivera aquilo — e se não fosse esta agora nem mais teria se lembrado dela — fora algo mais sério e tiveram razão de chamar o médico, que lhe disse tratar-se da ameaça de um enfarte e lhe recomendou rigorosa dieta na alimentação, dieta que ele seguiu somente nos primeiros dias, abandonando-a depois. Recomendou-lhe também, o médico, que trabalhasse menos. "Sim, sim, compreendo", ele dizia, mas por dentro, como criança travessa, ria para si mesmo, pois era uma recomendação que ele jamais poderia aceitar: trabalhar menos quando tanta coisa precisava ser feita, quando um minuto de descanso era um minuto perdido para fazer o bem e um minuto ganho talvez pelas forças do mal? Vigiai e orai, dissera o Mestre, e repreendera os discípulos porque haviam dormido. A quantos essa mesma repreensão não será feita no Dia do Juízo? Para descansar havia toda a eternidade de prêmio para os que viveram e morreram na lei do Senhor, mas o mundo é um campo de batalha em que uma hora de descanso pode significar incalculável perda. "Sim, sim", dizia sério às palavras do médico, mas nunca seguiria tal recomendação, e se a morte viesse surpreendê-lo no trabalho, tanto melhor, pois era exatamente essa a morte que pedia a Deus em suas orações: morrer trabalhando por sua maior glória. Não queria morrer na cama como um preguiçoso ou um inválido. E não seria agora, não, não seria desta vez que o Senhor o chamaria, com aquele simples mal-estar, que certamente passaria quando tomasse o chá.

Por coincidência, apenas havia pensado isso, ouviu as batidinhas na porta. Sentou-se na cama e mandou entrar. A empregada entrou, com a bandeja na mão; caminhou em direção à cama e, colocando a bandeja sobre a mesinha, perguntou, sorrindo, se ele estava melhor, ao que ele, sorrindo também, respondeu que sim — e então tornou--se repentinamente sério ao vislumbrar a nudez da empregada no gesto de ela curvar-se sobre a mesinha, sério e nervoso, a empregada não percebendo nada porque olhava para o açucareiro, dizendo que esquecera de pôr mais açúcar, será que aquele dava. Ele respondeu que dava, mas então não estava mais olhando para ela, nem para a nudez há pouco vislumbrada: olhava para dentro de si, naquele fogo que o incendiava, repetindo--se mentalmente que fora um descuido, um grave descuido, um descuido imperdoável. "O senhor não vai tomar o chá, Padre Dimas?", ela perguntou. Sem responder, ele pegou a chávena. "Se precisar de mim, estou lá, na cozinha", ela disse, sorrindo, e se afastou, fechando a porta.

Ele ouviu os sapatos de salto alto caminhando pelo corredor. Ouviu-os ainda milhares de vezes andando para cá e para lá, na cozinha. E depois de um certo tempo, em que tudo parou — a voz do arcebispo lá fora, o chá no bule, os livros na estante, o crucifixo na parede —, ouviu-os caminhando de volta pelo corredor, em direção ao quarto, inapeláveis. "Resolvi trazer mais açúcar", disse a empregada, entrando no quarto: "achei que o senhor podia querer..."

A campainha soou, anunciando a consagração. Centenas de pessoas comungaram, a fila parecia não ter fim. A missa só foi terminar às nove e meia, quando a multidão se dispersou pelos quatro cantos da praça, que às dez horas, com as luzes ainda acesas, já estava deserta.

Foi um espetáculo de fé notável, admirável, incomparável, como disseram os jornais no dia seguinte, embora se registrasse uma notícia desagradável, como a da morte do Padre Dimas, ocorrida de maneira súbita na hora da missa, a se calcular pela hora em que foi encontrado morto em seu leito, ao qual se recolhera por não estar sentindo-se bem.

Registrou-se também — isso na última página — o roubo de uma bolsa contendo cem mil cruzeiros; o roubo de um Volkswagen; o desaparecimento de um menino chamado Sérgio e o de um débil mental que atende pelo nome de Biduca; e, mais tarde, por volta das onze horas, quando a solenidade já havia terminado, uma tentativa de estupro de João de tal, pedreiro, com Maria de tal, doméstica, os quais, após terem assistido à missa, ficaram num dos cantos menos iluminados da praça, conversando em atitude suspeita, segundo declarou o senhor José de tal, que por ali ia passando àquela hora.

Velório

Só de tarde é que eu fui saber da morte do Valico. Me contaram no serviço que ele tinha morrido àquela madrugada. Pedi licença ao chefe e fui dar uma chegada lá.

Tinha muita gente, a maioria eu conhecia. Nego Branco, Lolô e Penca estavam lá. Bastião e Nassim chegaram depois.

Valico estava na mesa. Coitado. Amigo do peito. Bom num truco igual a ele está para nascer outro. Vou sentir falta dele naquelas partidas domingo adentro.

Dona Laura chorou muito quando fui abraçá-la.

— Ele era tão seu amigo, Nestor... Ele era tão bom... Não era hora dele morrer... Ele não podia morrer...

Coitada. Vai sentir muito a falta dele. Valico era um marido e tanto: compreensivo, trabalhador...

A sala estava muito cheia e fui para fora, onde estava a turma.

— Pois é, hem, o Valico... — eu disse.

— É... — eles disseram.

— Perdemos um amigo — eu disse.

— Um grande amigo — disse Nego Branco.

— O nosso melhor amigo — disse Penca.

— Vou sentir falta dele — eu disse.

— Todos nós — disse Nego Branco.

— Todos nós — repetiu Penca.

— Foi de madrugada, né? — eu disse.

— Foi; de madrugada.

— Pois é, hem, sô?...

— É...

— Sujeito bom igual o Valico... — disse Nego Branco.

— É mesmo — eu disse.

— Honesto — disse Penca.

— Trabalhador — disse Lolô.

— Um homem assim é difícil de encontrar hoje em dia — disse Nego.

— Difícil? — disse Penca. — Eu dou a bunda se você encontrar um.

— Sabe que é mesmo? — disse Lolô. — A gente não encontra mais, não.

— Não encontra mesmo, não — disse Nego.

— É uma pena — eu disse.

— Uma perda irreparável — disse Lolô.

Depois chegou Bastião. Ele também só tinha sabido de tarde.

— Que coisa, hem, sô? O Valico...

— Pois é...

— O Valico...

— É...

— Ontem mesmo eu estive aqui, tomamos um cafezinho juntos... Que coisa...

— É...

O enterro era às cinco horas. Já eram quatro, e o caixão ainda não tinha chegado. A família começou a se incomodar. Nadir, uma das irmãs de Valico, veio falar conosco. Penca e eu nos encarregamos de tomar as providências. Telefonamos para a funerária. Imaginem: disseram que havia ocorrido um engano e o caixão não fora feito. Parecia piada.

Pediram mil desculpas, mas que não havia problema: tinham alguns caixões prontos e, conforme o modelo e o tamanho do morto, talvez um deles servisse. O modelo não era problema; em último caso, como aquele, qualquer um serviria. O problema era o tamanho: Valico era enorme, um gigante. Só mesmo um caixão especial.

Penca explicou tudo, deu uma bronca daquelas com eles. Eles pediram mil desculpas e disseram que viriam tomar as medidas de novo e em meia hora, no máximo, o caixão estaria pronto.

Quando o sujeito veio, repetimos as broncas: onde já se viu uma coisa dessas? Que descaso, que desconsideração pelo morto e pela família do morto... Fomos por aí. O sujeito ficou murchinho, depois jurou que dentro de meia hora, sem falta, o caixão estaria pronto.

Pois a meia hora passou, e nada. Dessa vez eu é que fui ao telefone. O cara disse que houvera um pequeno atraso porque tivera de buscar material não sei onde; voltou a se desculpar. Eu disse que, se dentro de quinze minutos o caixão não estivesse ali, nós iríamos buscá-lo pessoalmente. Mostrei que estava bem puto.

A essa altura havia, como não podia deixar de ser, um mal-estar geral na casa. "O que aconteceu?...", cochichavam pelos cantos. "Adiaram o enterro? Cadê o caixão?" O morto, firme lá na mesa, e nem sombra de caixão. Quase seis horas: uma hora de atraso.

Novamente o telefone: ocupado. Discamos de novo. Ocupado. Ocupado. Ocupado.

— Sabe que isso é golpe deles? — disse Penca.

— Vai ver que eles ainda não acabaram e estão ocupando a linha só para nós não telefonarmos para lá.

Era capaz mesmo de ser isso.

Fomos conversar com os outros, para ver o que se fazia. Lolô propôs irmos lá e resolvermos a coisa na raça.

Foi nessa hora que Nassim chegou. Contamos a coisa para ele.

— Topo qualquer parada.

— Bom — disse Nego Branco: — nós vamos lá; e depois? E o caixão? Se eles não fizeram ainda, quem vai fazer?

Nego Branco é muito equilibrado, a gente sempre escuta o que ele diz.

— De fato — eu disse.

— Vocês estão é afinando — disse Penca. — Num caso desses vocês ainda estão pensando o que a gente vai fazer? A gente tem que resolver isso é no braço.

— Topo qualquer parada — disse Nassim.

— Calma, gente, vamos com calma — disse Nego. — A hora é de calma, e não de precipitações. Vamos resolver a coisa com calma; mais alguns minutos de atraso é que não vão fazer o mundo vir abaixo. Quem já esperou uma hora pode esperar mais um pouco. Sou de opinião que a gente deve ficar aqui mesmo e esperar; sabe lá até se eles já estão vindo com o caixão para cá?...

— É bem capaz... — disse Penca. — Esse pessoal? Do jeito que eles são? Eu não duvido nada de eles nem terem ainda começado o bendito desse caixão... Não duvido nada...

— Eu também acho que a gente deve é esperar — disse Bastião. — Que adianta a gente ir lá brigar? Isso vai resolver alguma coisa?

— Você está é com medo, Bastião — disse Penca.

— Medo? Eu?

Nego:

— A questão, Penca, é que a briga não vai resolver nada, ela só pode piorar as coisas. Se ainda tivesse outra funerária aqui; mas só tem essa... Onde que nós iríamos arranjar outro caixão?

— Mas é um desaforo, Nego!

— Isso é, um desaforo, concordo; um desaforo para com a memória do nosso amigo, para com a família, e para com a gente também, afinal de contas. Um desaforo; quanto a isso não há dúvida. Mas o que se vai fazer? Brigar é que não adianta.

— A gente pode deixar a briga para depois — disse Nassim.

A sugestão do turco até que foi boa; ela deixou Penca mais calmo. E decidimos mesmo esperar. A família do morto concordou; eles concordariam com qualquer coisa, já estava todo mundo passado, incapaz de refletir e tomar decisões.

Lembramos de telefonar para o cemitério, explicando a demora. Mas antes tentamos novamente a funerária: ocupado. Os filhos da mãe; isso não passava mesmo de golpe deles...

O sujeito que atendeu no cemitério começou esculhambando: disse que já estavam indo embora, que aquilo era falta de responsabilidade, fazer eles ficarem esperando aquele tempo todo, sem nenhum aviso. Pedi desculpas e expliquei que essas horas a gente esquece de tudo, o senhor sabe como é. É falta de responsabilidade, repetia o cara, grosso pra burro. Em parte ele tinha razão; mas era isso motivo para ele ficar danado da vida daquele jeito, esculhambando Deus e o diabo?

Mas o cara engrossou mesmo foi quando eu expliquei o motivo da demora: "O senhor não tem uma desculpa melhor? Essa não está colando de jeito nenhum." "Pode vir aqui ver, se o senhor não acredita." "Eu ir aí? Vai contar essa pra caveirinha, meu chapa." Pra caveirinha; aquela foi de morte. Mas gíria de coveiro só podia ser mesmo de morte. (Boazinha essa...)

Fiz força para não perder a esportiva, já que isso só podia complicar mais as coisas. "Não enterramos ninguém com escuro", o cara disse. Eu pedi só mais meia hora. Ele disse quinze minutos. Eu insisti: "Até sair de casa, passar na igreja..." "Está bem; meia hora. Mas nem um minuto a mais; nem um só, ouviu?", ele disse, com voz de sargento de batalhão. Tive vontade de mandar lembranças pra caveirinha; mas maneirei, para não acabar de foder tudo.

A essa altura eu já estava buzina.

— Porra, esse enterro está foda — eu disse. — Desse jeito, nós vamos acabar plantando o Valico aí mesmo, no quintal.

— O diabo é ele ser grande — disse Lolô. — Senão a gente podia pegar um dos caixões que já estão prontos, quebrava o galho. Mas ele tem quase dois metros; vai ser grande na puta que pariu. Vocês já viram defunto desse tamanho? Eu nunca tinha visto. Por isso é que eu não me incomodo de ser baixote. Um baixote não tem problema, mas um grandão até depois de morto tem problema, é o diabo. Se ele não fosse exagerado, uma hora dessas ele já estaria tranquilo debaixo da terra, não haveria problema, e nós já teríamos ido para casa. Estou morto de cansado, trabalhei hoje feito égua de carroça, aquele serviço ainda me mata, está doido; trabalhar feito eu trabalhei hoje... Eles podiam pelo menos trazer um cafezinho para a gente; afinal, ficar aqui esse tempo todo esperando não é mole, não, cansa, ainda mais com esse rolo: telefona para um, está ocupado; telefona para outro, vem bronca. Como é mesmo que o cara te gozou, Nestor?

— Gozou não, porra.

— Ê, você está com o estopim curto, hem?

— Está engrossando, está engrossando — disse Penca. — Não vamos começar a discutir entre nós também, vamos?

Nego:

— A gente tem razão de estar assim, com essa coisa toda; mas não vamos perder a cabeça. Afinal, a família do morto está contando conosco para ajudar, não vamos fazer feio. Não fica nada bem a gente fazer um papelão aqui...

— Que papelão? — eu disse. — Quem está fazendo papelão? Não pode falar um pouco mais alto, não?

— Então vai buscar o café para nós — disse Nassim.

Fui providenciar o café. Estávamos na parte lateral da casa, e tive de atravessar a sala. Já havia pouca gente; a maioria, cansada de esperar, havia se desculpado e ido embora, uns dizendo que voltariam em pouco. Cadeiras vazias. As flores haviam murchado; algumas, mais recentes, colocadas àquela hora, só serviam para mostrar as outras, murchas. As velas já estavam no fim, e não havia mais onde comprar, pois o comércio já estava fechado.

Uma das tias de Valico, uma velha, tinha pegado num sono lascado. Ao passar, esbarrei sem querer nela. Ela acordou assustada, empertigando-se na cadeira e dizendo: "Já está na hora de levantar?" Essa valeu...

Não tinha mais ninguém chorando, as irmãs montadas nas poltronas, cada qual com a cara mais cansada do que a outra. Eu não olhei para a cara do Valico, mas imagino que àquela altura até ele já devia estar também com cara de cansado: "Poxa, não vão me enterrar mais, não?", devia estar pensando com os seus botões. Se o caixão continuasse demorando, aquele pessoal ia todo ferrar no sono, não precisava ser nenhum gênio para prever isso. Café, para eles, não adiantava mais: ali era enterro ou cama.

Depois de providenciar o café na cozinha, voltei para lá fora. Falei sobre o pessoal na sala. Voltamos a discutir e a pesar a situação toda. A meia hora do sujeito do cemitério ia passando, começava a escurecer. Já estava todo mundo cansado e ninguém mais queria brigar, a não ser Nassim. Decidimos esperar mais meia hora, aquele resto de dia, porque, sendo horário de verão, às sete horas ainda haveria claridade bastante para se enterrar o morto. A gente avisaria o grosso do cemitério.

Dessa vez eu não quis ir telefonar. Foi Nego Branco. Voltou com a cara desolada:

— Já foram embora; só tinha um de resto lá, e esse disse que só amanhã cedo...

— Cachorrada! — disse Lolô.

— E agora? — disse Bastião.

— Agora? — disse Lolô. — Agora é ir embora, e o enterro e o morto e tudo que se dane! Para mim já basta!

Ele virou as costas e foi mesmo embora, ninguém tentou segurá-lo; afinal, era aquilo que todo mundo ali estava com vontade de fazer.

— E nós? — disse Penca. — O que nós estamos esperando?

111

— Quer ir embora também, pode ir, Penca — disse Nego. — Ninguém está te pedindo para ficar.

— E eles? — eu disse. — Vamos embora e deixamos os parentes naquela situação? O que nós vamos dizer para eles depois? Afinal, mais cansados do que eles nós não estamos. Acho que seria uma covardia, uma...

— Quem mandou eles darem essa mancada do caixão? — disse Penca.

— Não é culpa deles — eu disse.

— Minha também é que não é.

— Se você quer ir embora, vai, Penca.

— Não precisa ninguém me dizer isso, está bem?

Estávamos nesse bate-boca, quando Nego Branco disse:

— Eu vou dizer para eles que o enterro só pode ser amanhã de manhã e que eles podem dormir, que eu fico lá na sala, velando o morto e esperando o caixão.

Disse isso e foi andando para a sala. Paramos de discutir e ficamos nós quatro ali, em silêncio: Bastião, Penca, Nassim e eu.

Até que Bastião disse:

— Agora não é mais a família do morto: agora é o Nego. Seria sacanagem a gente deixar ele sozinho aí a noite inteira; isso é que eu não vou fazer.

E saiu andando para a sala também.

— Bosta! — gritou Penca. — Vocês estão é dando, está todo mundo dando!

— Então eu vou dar também — eu disse e saí para a sala, atrás de Bastião.

— Veados! Frescos! — Penca ficou xingando.

Uns cinco minutos depois ele apareceu na sala com Nassim, sentaram, e ficamos lá os cinco, amuados, enquanto o pessoal dormia nos quartos, uns roncando naquela altura.

Dona Laura custou a concordar, mas a levamos com jeito, mentimos que era só um pouco, que a acordaríamos logo, que era só para ela descansar um pouco. Mas, do jeito que ela estava, com os calmantes que já havia tomado, sabíamos que era só encostar na cama que ela não abriria os olhos tão cedo.

Depois de muita demora, a empregada trouxe o café: deixou-o numa mesa da sala e foi embora para casa.

Não demorou muito, o caixão chegou. Vieram dois caras trazendo e foram logo se desculpando, antes que disséssemos qualquer coisa.

— Está certo, está certo — disse Penca. — Agora vocês arrumam o resto aí, põem o homem no caixão e tudo, não vamos mexer com isso, não.

Puseram, arranjaram tudo, pediram mais desculpas.

— Está certo, está certo. Até logo.

As velas tinham acabado. As flores, murchas.

No começo, a turma ficou olhando para o morto, como era natural. Mas, foi indo, todo mundo se cansou disso — até morto a gente enjoa de olhar, se fica olhando muito tempo. Cada um foi procurando por seu lado algo com que se distrair. Bastião encostou numa poltrona e começou a cochilar. Nego tinha encarado num quadro de passarinhos na parede, que não despregava mais os olhos. Se ainda fosse mulher pelada; mas passarinho? Nassim achara um jornal num canto e estava lendo. Penca começou a andar pela sala; parou ao lado do caixão e ficou olhando.

— Puta merda, o Valico está feio uma coisa que presta... Será que eu também vou ficar assim depois de morto? Vai estar feio na China... Está com uma cara de puto, olhem aqui...

— Deve ser por causa do enterro — eu disse.

De vez em quando chegava uma visita:

— Uai, ele ainda está aqui?

"Ele" era o defunto.

A gente tinha de explicar tudo. Só mesmo Nego Branco, com aquela paciência; cada um que chegava, ele explicava tudo de novo.

Nassim espichara no sofá e jogara o jornal em cima da cara.

— Daqui a pouco está todo mundo dormindo — disse Penca. — Tem que acontecer isso mesmo, é natural; quem aguenta ficar o tempo todo acordado nessa chatura?

Nego Branco olhando os passarinhos. Fui lá perto do quadro para ver o que era. Olhei, mas não vi nada de mais.

— O que você está vendo nesses passarinhos, Nego? — eu perguntei.

— Que passarinhos? — ele respondeu.

— Que passarinhos?... Esses aqui, uai.

— Uê, não tinha visto, não... Bonito, hem?... Essa não...

— Não tinha visto? Vai me dizer que você não estava olhando para esse quadro?

— Eu? Não; agora que você disse é que eu vi.

— Para onde então que você estava olhando?

— Olhando? Não sei, uai; estava olhando aí para o ar...

Doidinho. Nego está doidinho, não tenho mais dúvida.

Penca veio olhar também.

— Sobre o que vocês duas estão brigando aí? É sobre esses passarinhos? O que têm eles? Esse aqui é bem-te-vi; eu conheço, porque já matei muitos quando era menino. Esse outro eu não sei, não...

— Não é sanhaço? — eu disse.

— Sanhaço? Ô meu, em matéria de passarinho você está mais por fora que mão de afogado — ele me gozou. — Sanhaço não parece nem um pouco com isso aqui.

— Joguei no bicho — eu disse.

— Por falar em jogar no bicho, por que a gente não joga uma partidinha, hem? Uma partidinha para ir passando o tempo; uma partidinha de buraco ou outra coisa... Do jeito que está é que nós não aguentamos. Daqui a pouco está todo mundo aí puxando o ronco. Dois já estão. Aí: o filho da puta desse turco nem bem acabou de encostar e já está roncando feito um porco, dá vontade da gente socar a mão na barriga dele; feito um porco. Uma partidinha; só para ir passando o tempo... Hem, Nego? O que você acha?...

Nego pensou um pouco.

— É...

— Uma partidinha, ou mais de uma. Você já pensou? A gente ficar aqui desse jeito até de manhã? Você acha que a gente aguenta? Eu não aguento, definitivamente. Daqui a pouco vou também esparramar por aí, nem que seja no chão; já estou que não aguento de cansaço e sono. E você, Nestor?

— Acho que é uma boa ideia — eu disse.

— A gente vai para a copa, ali para a mesa, onde a gente costuma jogar...

— É... — disse Nego. — A gente podia mesmo fazer isso... Mas e o baralho?

— Deve estar lá, no lugar de sempre, na gaveta — disse Penca. — Eu vou lá olhar...

Ele foi.

— Um está aqui... Só um; o outro...

— A gente joga sete e meio — eu disse.

— E tento?

— Na cozinha: feijão. É só pegar lá.

Num minuto arranjamos tudo.

Chamei Bastião. Ele arregalou os olhos:

— Já está na hora?

— Vamos sair para um sete e meio, levanta aí.

Ele acabou de acordar.

Nassim é que não teve jeito: engrolava a língua, dava chutes e murros dormindo. Já vi gente dormir, mas igual a esse turco...

Deixamos Nassim lá, roncando, e fomos para a copa.

Já eram dez horas; ninguém mais aparecia, e trancamos a porta da sala. Para não verem que havia gente, apagamos a luz da sala — e Nassim e o morto ficaram lá, no escuro, cada um dormindo um sono diferente.

Vinte tentos para cada, cada tento valendo cem cruzeiros. Nego começou com a banca. Mas não chegou a dar a segunda mão: Bastião fez um sete e meio real. Mas Bastião não sabe ser banca: em vez de ser melhor, para ele é pior ficar com a banca; ele ficava só puxando carta e acabava estourando, o besta. A sorte é que ele também perdeu logo a banca — para ele, perder a banca é sorte —, e então pôde arribar de novo, mas aí já estava só com cinco tentos. Ele não tem malícia; ele diz que joga por esporte, para passar o tempo, não se importa de ganhar ou perder. Pode ser; da turma ele é que é o melhor de dinheiro. Além disso, nossas apostas não são altas, todo mundo vive duro.

O seguinte com a banca foi Penca. Penca é o contrário de Bastião: sem a banca, ele já é bom — bom não, largo —, com a banca, então, vira um capeta.

— Ê cambada, segura as calcinhas, que lá vai ferro!

Começou a quebrar todo mundo, o montinho de feijão dele só aumentando e o nosso só diminuindo. Bastião foi o primeiro a perder tudo, e pediu um empréstimo de dez tentos.

O foda de jogar com Bastião é quando ele começa a perder: dana a coçar a cabeça de tal modo, que, daí a pouco, a mesa está um nojo de caspa. É caspa para tudo quanto é canto; se der uma ventania, faz poeira. É um nojo. E ele nem desconfia. Eu não digo nada porque ele pode achar ruim — Bastião não é muito de brincadeira — e porque os outros parece que não ligam. Mas eu morro de nojo, Deus me livre. Quando ele perde uma aposta boa, então, é uma desgraça: mete a unha com vontade, e aí é aquela chuva. Caspa desse jeito é doença, não é possível. Quantas vezes por mês será que ele lava a cabeça? E a mulher dele, será que ela não olha isso? Eu não conheço a mulher dele, mas uma mulher que não zela nem pelas caspas do marido não deve ser lá grande coisa. Ou vai ver que ela fala e ele não dá bola, ele é um sujeito meio maníaco. Bastião é um tipo bem esquisito. Um dos caras mais esquisitos que eu conheço. Sei lá, é um tipo diferente.

Lá pelas onze horas o jogo estava mais ou menos equilibrado, ninguém ganhando muito ou perdendo muito. Só que começamos a sentir fome. Tínhamos comido apenas uns sanduíches de mortadela na hora do jantar, sanduíches que eles haviam preparado para nós. Naquela confusão, e porque a casa de Valico era longe das nossas, ninguém tinha ido jantar em casa; remediamos com os sanduíches. Mas agora a fome estava apertando.

Deixei o jogo e fui olhar na geladeira, ver se encontrava alguma coisa para comer. Tinha ainda um pedaço grande de mortadela e um queijo prato. Tinha também duas garrafas de Brahma e uma Correinha já começada. Informei à turma.

— Manda brasa aí — disse Penca. — O papaizinho aqui está com sede e com fome.

— Será que não tem importância? — eu disse.

Penca:

— Importância por quê? Diabo, a gente está fazendo favor e ainda é obrigado a passar fome? Nada disso. Traz aí.

Piquei uns pedaços de mortadela e de queijo, peguei os copos no armário, e levei tudo para a mesa, com a Correinha e as Brahmas.

O jogo ganhou outra animação.

Bastião, com uns dois goles de pinga, já estava bêbado feito uma vaca e disparou a apostar só de cinco para cima — e o diabo é que ele ganhava. Só podia ser o anjo da guarda dele, pois ele nem sabia mais o que estava fazendo, de tão bêbado.

— Ganhei?... — perguntava, esforçando-se para abrir os olhos.

Penca, danado da vida, nem respondia: empurrava os tentos. Só bêbado mesmo para Bastião ganhar. Mas eu também já estava ficando buzina: diabo, o cara não sabe nem jogar direito, fica bêbado e dispara a ganhar?

— Merda — xingava Penca.

Uma hora eu senti um cheirinho desgraçado e perguntei qual o fedamãe que tinha soltado aquele.

Todo mundo:

— Eu não fui.

Eles sentiram também.

— Carniça pura. Esse está podre. Nossa Senhora... Foi você Bastião?

— Hem?... O quê?...

Continuamos a jogar, mas o diabo do cheiro não acabava. Até que eu lembrei que talvez fosse o Valico que já tinha começado a feder.

— Vai ser isso mesmo — disse Penca —, vai ser isso... Se não for, é o Nassim. Dá uma olhada lá, Nestor.

— Tenho cara de cheirador de defunto? — eu disse.

Mas fui lá olhar. Não foi preciso nem chegar perto: era o Valico mesmo.

— Que merda — disse Penca. — Logo agora que o jogo estava ficando sensacional...

Sensacional porque ele tinha começado a ganhar de novo com a saída de Bastião, que tinha ido vomitar no banheiro e escorara por lá.

Já eram três da madrugada. O enterro ia ser às seis. Achamos que até lá a coisa aguentava. Mas se demorasse mais do que isso, ninguém ia suportar chegar perto do Valico.

Jogar com aquele cheirinho é que não dava. Resolvemos passar para a cozinha. Enquanto eu e Nego carregávamos a mesa e as cadeiras e arranjávamos tudo, Penca saiu atrás de um bar aberto para comprar mais bebida. Teve sorte: veio com três Brahmas e duas garrafas de pinga.

Essa hora Nassim, decerto com o cheiro do morto, havia acordado e chegou esbaforido na cozinha.

— Porra, me deixaram sozinho com o Valico...

Estava morrendo de medo o marmanjão.

A chegada de Nassim deu nova vida ao jogo. O duro foi, depois de certo tempo, a gente vigiá-lo para não roubar, porque já estava todo mundo de fogo, ninguém conseguia prestar atenção, e ficou só ele ganhando e o resto perdendo — devia estar roubando feito um turco. Mas ninguém estava ligando para isso. Foi indo, ele também ficou bêbado, e o jogo virou um rolo, ninguém sabia mais o que estava fazendo: Penca apagara e eu tinha pegado os tentos dele, Nego dava as cartas já viradas, virou uma bagunça. Acabou todo mundo ferrando no sono ali mesmo.

Quando acordei, já era dia. Nego ainda estava na mesa, no mesmo lugar. Nassim, no chão, roncando. Penca, enroscado num canto, em cima do capacho, feito cachorro.

Olhei o relógio: seis e meia. Corri lá na sala: já tinham levado o Valico. Só a tia velha estava lá.

— Que hora que eles saíram? — eu perguntei.

— Já tem uma meia hora — ela respondeu; — eles já devem estar quase voltando.

Sim, senhor: a gente faz aquilo tudo, espera aquele tempo todo, e ainda fazem o enterro sem a gente. Sim, senhor. Fiquei puto.

— Foda-se — eu disse.

— O quê?... — ela disse.

Fui ao banheiro mijar.

Bastião estava lá, deitado, encostado no vaso, dormindo de boca aberta. Cara nojento. Tive vontade de dar uma mijada na cabeça dele, para acabar com suas caspas.

Deus sabe o que faz

Deus sabe o que faz, e por isso a criança nasceu cega, mas Deus sabe o que faz, e ela cresceu forte e sadia, não teve coqueluche nem bronquite, como os outros filhos; o mais velho, aos vinte e poucos anos já vivia na pinga, cometeu um crime e foi parar na cadeia; a menina cresceu, virou moça, casou, traiu o marido, separou e virou prostituta; o cego tinha o ouvido bom e aprendeu a tocar violão, e aos quinze anos já tocava violão como ninguém, um verdadeiro artista, porque Deus sabe o que faz e para tudo neste mundo há uma compensação; e, assim, enquanto o irmão estava na cadeia e a irmã no bordel, o cego foi ganhando nome e dinheiro com seu violão e seu ouvido, que era melhor que o ouvido de qualquer pessoa normal, e os pais, que eram pobres e às vezes não tinham nem o que comer, tinham agora dinheiro bastante para se darem ao luxo de comprar um rádio, no qual escutaram, transmitido da cidade vizinha, o programa do Mozart do violão, como o batizara o chefe da banda de música local, que, tão logo conheceu o rapaz, tornou-se o seu empresário, deixando a banda para revelar aos quatro cantos do mundo o maior gênio do violão de todos os tempos, até que um dia sumiu para os quatro cantos do mundo com o dinheiro das apresentações; mas Deus sabe o que faz, e se o empresário fugiu, uma linda moça se apaixonou pelo rapaz e prometeu fazer a felicidade dele para o resto da vida; e, assim, enquanto os dois, casados e morando numa modesta casinha, viviam felizes, a irmã, que era perfeita e bonita, envelhecia prematuramente no bordel, e o irmão, que era perfeito e bonitão, saíra da cadeia, não achara emprego e vivia ao léu, até que conheceu a mulher do cego e se apaixonou loucamente por ela: o cego tocava na maior altura, para não ouvir os beijos dos dois na sala — até que as cordas rebentaram, até que ele rebentou o ouvido com um tiro.

Solidão

Sentada na cama, no escuro, ela estava escutando o tique-taque do despertador no outro canto do quarto, crescendo e se aproximando no ar, batendo cada vez mais forte, mais alto, até encher o quarto de um barulho insuportável: ela cobriu os ouvidos com as mãos.

Luzes dos arranha-céus na noite, luminosos se acendendo e se apagando, faróis de carros deslizando na rua, a garoa fina que se transforma em chuva: pingos riscam a claridade do poste.

Acendeu a luz do quarto. O jornal largado sobre a cama: pegou-o e, tornando a sentar-se, começou a percorrer a coluna dos filmes. Mas, após algum tempo, percebeu que lera várias vezes os mesmos títulos, que não conseguia concentrar-se. Então pôs o jornal de lado e, tornando a levantar-se, caminhou até a janela.

A chuva, mais grossa, caía devagar, parecendo que ia durar a noite inteira. O elétrico freou, e os pneus gemeram no asfalto molhado. Ela pensou como seria bom estar àquela hora no interior bem iluminado do elétrico, pessoas conversando, passageiros entrando de capas molhadas, as luzes da rua ficando para trás.

Andou até a cama e sentou-se. Olhou para o tapete sob os pés. Olhou para o toucador: a caixa de pó de arroz aberta, a escova de cabelo, os brincos. Quis fechar a caixa, mas não se moveu. O espelho. Talvez...

Levantando-se, olhou-se no espelho. Afastou a mecha de cabelo. Sentou-se. Passou a mão pelo rosto. Olhou para o batom, o pó de arroz, o batom. Começou a passar o batom. De repente pegou o lencinho e limpou tudo.

"Velha", disse, "velha" — e enfiou as mãos nos cabelos e cobriu o rosto e debruçou-se no mármore frio do toucador.

Apertou a campainha. Devia ter pelo menos passado um pouco de ruge, pensou.

Ouviu passos caminhando para a porta.

— Rita, que surpresa! Vamos entrar...

— Como vai, Jorge?...

— Surpresa... Vizinhos há tanto tempo...

— Sabe como é: uma hora é uma coisa, outra hora outra...

— Vamos sentar... Surpresa agradável...

Ela sorriu, alisando o vestido no colo.

— Eu ia ao cinema, depois começou a chover... Pensei: eu aproveito e dou uma chegadinha na Odete, no Jorge... Ela também está, a Odete?

— Está, sim. Eu vou chamá-la; ela está lá no quarto...

— Às vezes ela já está deitada...

— Não, ela está lá à toa; acho que ela está lendo. Eu vou chamá-la. Um momentinho só... Esteja à vontade...

(Sala confortável... Mobília nova... Tudo novo... Televisão... Onde ela terá arranjado esse cáctus? Gosto tanto de cáctus... Que surpresa, vizinhos há tanto tempo, surpresa agradável... Eu devia ter passado um pouco de ruge...)

— Como vai, Rita?...

— Odete...

— Há quanto tempo essa visita...

— Você sabe: uma hora é uma coisa, outra hora outra... Eu estava dizendo aqui para o Jorge: a gente vai deixando para depois...

— Vamos sentar... É assim mesmo, eu sei como é... Eu não posso dizer; eu também... Senta... É uma surpresa...

— Eu ia ao cinema, depois começou a chover... Eu tinha até começado a me aprontar; mas veio essa chuva...

— Eu gosto tanto de uma chuvinha assim, de noite...

— Mas quando a gente quer sair...

— Eu digo assim, para ficar em casa; ficar escutando esse barulhinho da chuva...

— Quando a gente quer sair...

— Aí é diferente. Aonde mesmo que você ia? Ao cinema?

— É, mas a chuva...

— Você gosta muito de cinema, não gosta, Rita? O Jorge diz que sempre encontra com você quando ele vem do serviço, ali pelas oito horas, você com jeito de estar indo ao cinema...

— É...

— Eu também gostava muito, antes de casar; depois fui perdendo o interesse. Outras coisas, sabe como é... E o Jorge também não se importa muito; além disso, ele só pode aos sábados e domingos... De modo que eu quase não vou mais. Mas eu não sinto falta: a gente se acostuma. Não tenho nem tempo de pensar nisso... Você vai todo dia?

— Todo dia? Não. Às vezes eu saio só para dar um passeio, tomar a fresca. Às vezes uma visita...

— Você tem parentes aqui?

— Não. No interior.

— E aqui?

— Não.

— Nenhum?

— Não.

— E você não acha ruim?

— Não ter parentes aqui?

— É.

— Não. Bem...

— Cidade grande...

— A gente se acostuma.

— Você não se sente só?...

— Só?

— Uma cidade grande como essa...

— Há os amigos...

— Eu sei, mas parente é diferente... Amigos é assim: às vezes não podem, estão ocupados... Não sei... Acho assim; quer dizer... A solidão numa cidade grande... Hem, bem? Você, que tem lido muito sobre essas coisas...

— É, é isso mesmo que você está dizendo aí: a solidão nas grandes cidades. É um dos maiores problemas hoje, uma das coisas mais estudadas. Basta dar uma olhada nas revistas: quase todas trazem um artigo sobre o assunto. Há também milhares de livros, conferências, congressos... É um problema muito sério, o problema da solidão. A angústia. O problema do suicídio. Tudo isso está relacionado. As estatísticas mostram que o número de pessoas que procuram os consultórios de psiquiatria hoje em dia tem aumentado extraordinariamente.

— As estatísticas mentem muito.

— Pode ser, Rita, não digo que não seja; mas isso hoje está mais do que provado.

— Não acredito em estatísticas.

— Mas isso é um fato, ninguém pode duvidar.

— É, sim, Rita; um dia desses mesmo eu ainda estava lendo um jornal...

— É um fato, isso é que eu digo; um fato. Não adianta querer negar. Os problemas da cidade grande. Você não leu esses dias no jornal o caso daquela moça que se suicidou? E qual foi a explicação deixada por ela? "Solidão".

— Os jornais inventam muito.

— É porque você não está a par desses problemas. Mas eu tenho lido muito sobre isso. A solidão é o grande problema do nosso século. O problema número um.

— Achei muito bonito esse cáctus seu, Odete; onde você arranjou?

— Cáctus? Ah, o jarrinho? Foi uma amiga; uma amiga que me deu.

— Gosto muito de cáctus.

— Mas, como eu estava dizendo, o problema da solidão: um psiquiatra americano, num livro que eu andei lendo, diz que a falta de amor é o principal responsável pela solidão no mundo de hoje. Quantos suicidas, diz ele, quantos neuróticos, quantas pessoas desesperadas não deixaria de haver se amássemos mais o nosso próximo? E, se há tantos assim, é por nossa culpa, única e exclusivamente nossa culpa.

— Hum.

— São muito interessantes as ideias dele, é um livro que vale a pena a gente ler. Se você quiser, eu te empresto, Rita. O livro é pequeno, eu li na folga do serviço. É um livro agradável de ler, o sujeito escreve muito bem; às vezes parece até um romance. E é bom para a gente ficar atualizado com os grandes problemas do nosso século, os problemas do mundo moderno.

— Como é aquele outro livro de que você também gostou muito, bem?

— *Homem Algum É uma Ilha*; Thomas Merton. É outro grande livro; belíssimo. Thomas Merton é um poeta, um artista.

— Tem aquele outro também, que você leu há mais tempo...

— Qual?

— Aquele; um de capa vermelha.

— Capa vermelha?... Não sei; tenho lido tantos... É meu hobby agora: ler livros que tratam dos grandes problemas do mundo moderno. É uma leitura que prende. E, além do mais, é um dever de todo homem que se preza estar a par dos problemas de seu semelhante.

— E seus pais, Rita?

— Eles já são falecidos.

— Ambos? Pai e mãe?

— É.

— E irmãos?

— Não. Quer dizer...

— Você não tem irmãos?

— Tenho; tenho um irmão: o Roberto... Só nós dois.

— Ele mora no interior também?

— O Roberto? Não; ele... Ele vive viajando. Ele viaja muito. Esses dias mesmo eu recebi uma carta dele dizendo que ele está no Amazonas.

— No Amazonas?

— É. Ele está lá caçando onças.

— Caçando onças? Nossa, isso não é perigoso, Rita?

— Perigoso é, claro; mas ele está acostumado. Ele mexe muito com isso, com caçadas; ele gosta muito dessas coisas. Aventuras. Ele vive por conta disso. Ele também tem muita coragem.

— Qual é a idade dele? Ele é novo ainda?

— Trinta anos.

— Ele é casado?

— É.

— E a mulher dele?

— A mulher dele é do mesmo tipo dele, a mesma coisa; ela também gosta é de aventuras. Os dois juntos já correram quase todo este Brasil. Precisa ver as coisas que eles fazem; a gente nem acredita...

— Eu tinha vontade de levar uma vida assim. Deve ser tão emocionante...

— Se é... Você precisa ver as cartas que eles me escrevem... Um dia eu te mostro; elas estão guardadas lá, comigo. Elas parecem um romance, um livro de aventuras... Às vezes eu não tenho nada que fazer e fico lá, lendo as cartas. Elas são tão emocionantes, que eu esqueço de tudo, nem vejo as horas passarem. Cada coisa, minha filha; precisa ver. Se eu te contasse, você não acreditaria...

— Eu gostaria de levar uma vida assim, movimentada, cheia de aventuras; mas o Jorge não se importa. Ele gosta é dessa vidinha pacata...

— "Gosta"... A questão é que eu tenho o meu emprego, o meu trabalho; eu não vou largar o meu emprego para ir caçar onças...

— É nada, Jorge; é porque você gosta mesmo, confessa. Você mesmo uma vez me disse que gosta...

— Gosta é um modo de dizer. É porque eu sou obrigado.

— Obrigado nada; se você quisesse, você não dava um jeito e largava isso tudo?

— Você está dizendo, Odete; o Roberto foi assim. Ele trabalhava no escritório da fábrica, uma fábrica de peças de trator. Ele tinha um cargo importante lá, ganhava um bom dinheiro. Mas um dia deu na cabeça dele de largar tudo, e não houve quem o segurasse. Ele é desses que quando decidem uma coisa, não tem ninguém que os faça voltar atrás. Ele é muito decidido. E, além disso, ainda havia a mulher dele, que é do tipo dele e pôs lenha na fogueira; e lá se foram os dois por este Brasil afora...

— Certamente ele arranjou uma boca melhor...

— Boca? Não, Jorge, ele não arranjou boca nenhuma: ele foi só com cara e coragem; só com o dinheiro que ele tinha, que não era muito. Ele ganhava bem, mas gastava muito; ele gosta de uma boa bebida, pratos finos, vestir-se bem... Tudo ele gosta do melhor. Ele foi só com aquele dinheiro. Mas hoje ele já está bem de novo, e muito bem; ele tem apartamentos no Rio, em São Paulo, no Recife... Ele está muito bem de vida. Mas matar-se de trabalhar é o que ele não faz; e ele é que está certo. Ele sabe viver. Sabe gozar a vida.

— Você está dizendo, e eu acredito. Mas acho engraçado um sujeito que está bem colocado como você disse, que tem um cargo importante no escritório de uma fábrica, de repente largue tudo isso sem mais e...

— Bem, um sujeito que tem coragem de caçar onças você acha que ele não tem a de largar um emprego? Você é porque é muito medroso, fica julgando os outros por você. Imagino você caçando onças...

— E você acha que eu não tenho coragem?

— Você? Você morre de medo de um cachorrinho! E aquele cachorrinho aquele dia que nós vínhamos da feira?...

— Você vai tornar a falar nisso?...

— Ah, quer dizer que você reconhece que estava com medo, né?

— Não...

— É um cachorro, sabe, Rita? Um cachorrinho, uma manhã que nós vínhamos da feira, um desses cachorros esqueléticos, desses vira-latas. Nós vínhamos no passeio, e o cachorro veio vindo em nossa direção...

— Você quer parar com isso?

— Olha só como ele fica vermelho... Mas também correr de um cachorrinho como você correu...

— E você, que morre de medo de um barulhinho à toa de noite? Qualquer barulhinho: "Jorge, tem ladrão aí..." É assim, sabe, Rita? Me acorda toda noite para dizer que tem ladrão na casa. Qualquer barulhinho: "Tem ladrão aí..."

— E ele nem se mexe, de medo de ter mesmo. Nem se move. Queria ver você dando de cara com um ladrão...

— Viajo um dia só, e ela quase fica doente de medo. Nem dorme.

— Ô, mentiroso; você não tem vergonha de mentir assim na cara dos outros, não?

— Fico imaginando sua cara quando eu não estou aqui à noite...

— Eu pelo menos nunca corri de um cachorrinho.

— A mulher do Roberto também tem medo de ficar sozinha à noite, Rita?

— A mulher do Roberto? Não; é como eu já disse: ela é do tipo dele. Ela não tem medo. Ela é muito corajosa.

— Vai ver que ela é uma paraíba; não é, não, Rita?

— Até pelo contrário, Odete; você pode não acreditar, mas ela é muito bonita: ela até já ganhou concurso de miss na terra dela...

— Pois a imagem que eu faço dela é a de uma dessas mulheres de bigodinho na cara e revólver na cintura...

— Isso é despeito dela, Rita, porque ela é medrosa desse jeito. Não é toda mulher que é medrosa como você, não, minha filha.

— Posso ser; mas nunca vi um homem correndo de um cachorrinho, como você.

— Se você tornar a falar nesse cachorro, eu te prego a mão na cara, está bem?

— Experimenta. Pois vou falar nele o resto da noite, pode estar certo.

— Te ensino a me respeitar.

— Respeitar um homem que corre de um cachorrinho?

— Você acha que eu estou brincando? Eu te bato na vista da Rita.

— Para você, bater em mulheres deve ser fácil.

Um tapa: susto e pavor no rosto da mulher. Ela saiu correndo para o quarto.

Silêncio na sala. Do quarto vinha o choro da mulher: cortado, abafado, magoado.

A visita levantou-se.

137

— Vou chegando... Boa noite... Desculpe se...

— Nada... Só espero que você não volte mais aqui.

A chuva, interminável, dissolvia a cidade na noite.

Só espero que você não volte mais aqui: agora podia rir disso; não no momento, mas agora; era algo de que ela estava prestes a rir: de repente explodiria numa gargalhada; algo tão engraçado, tão sério que era engraçado, assim como uma pessoa escorregando numa casca de banana na rua; e o resto, engraçadíssimo, o cachorrinho, se você tornar a falar nesse cachorro, o modo como ele dissera: se você tornar a falar nesse cachorro; o casal feliz se engalfinhando como gatos de unhas afiadas, engraçadíssimo; e a história do irmão, meu Deus, isso então já era fabuloso, o modo como ela inventara tudo na hora, assim de repente, o Amazonas, as onças, a fábrica, a mulher dele, concurso de miss, as cartas, fabuloso, tão perfeito que ela quase chegara a ver o tal irmão inventado, a mulher; ele é desses que quando decidem uma coisa; não, Jorge, ele não arranjou boca nenhuma; e os dois com a cara mais inocente desse mundo; qual é a idade dele? ele é casado? a mulher do Roberto também tem medo de ficar sozinha à noite, Rita? vai ver que ela é uma paraíba, isso é despeito dela, para você, bater em mulheres deve ser fácil, o tapa, a mulher correndo, o choro no quarto, ele sem graça, sem saber onde esconder a cara, ótimo, ótimo; eu gosto tanto de uma chuvinha assim, de noite, o problema número um, você não se sente só? as estatísticas mostram, um psiquiatra americano, solidão, angústia, suicídio, as estatísticas, os consultórios de psiquiatria, amor, nosso próximo, *Homem Algum É uma Ilha,* o caso daquela moça, solidão, suicídio, solidão, suicídio, solidão suicídio solidão suicídio.

Sentada na cama, no escuro, cobrindo os ouvidos com as mãos, ela repetia: "Meu Deus, fazei com que essa chuva pare, fazei com que essa chuva pare, fazei com que essa chuva pare."

Um dia igual aos outros

Hoje, um dia igual aos outros. Nada de extraordinário aconteceu. Levantei-me um pouco mais tarde, fiquei lendo, até a hora do almoço, um livrinho policial que eu comprei ontem numa banca, depois fui almoçar, e depois fui para o serviço. Hoje, por causa de uns papéis velhos que resolvi pôr em ordem, saí um pouco mais tarde. Depois jantei, dei um giro pela avenida, e aqui estou, de volta.

Não sei até quando manterei este diário. Quando o comecei, tive a sensação de uma grande novidade. Contar as coisas acontecidas no dia tinha um sabor todo especial: era como se, ao escrever, eu descobrisse uma série de coisas interessantes que, antes de escrever, eu não tinha visto. Mas, aos poucos, isso foi diminuindo. Com o passar dos dias e das páginas do caderno, fui observando que essas coisas variavam pouco, que elas eram quase sempre as mesmas. Ao mesmo tempo, observei que certas frases minhas começavam a se repetir, certas expressões; era uma consequência natural. Às vezes, no instante mesmo em que eu ia escrever uma frase, lembrava-me de que já a tinha escrito no dia anterior, ou alguns dias antes; parava então e, nessa desagradável interrupção, não sabia o que fazer, pois minha vontade era continuar escrevendo. É por isso também que, ao mesmo tempo que me pergunto até quando continuarei o diário, penso que não o interromperei, pois isso de escrever aqui, à noite, quando chego da rua, é algo que me distrai e também me ajuda a trazer o sono, que nunca tenho muito.

Quando há alguma novidade, algum acontecimento interessante, às vezes vou até mais tarde escrevendo; mas isso é raro. Geralmente os dias diferem pouco. Hoje, por exemplo, nada aconteceu de extraordinário. Foram as coisas de sempre e as pessoas de sempre. No serviço, saí um pouco mais tarde, como já contei, mas isso não chega a ser novidade, pois é uma coisa que de tempos em tempos faço.

Estou me lembrando agora de Canarinho, a hora que eu fui ao mictório e dei com ele lá, chorando; mas será isso também novidade? Quantas vezes já não dei com essa mesma cena? A única diferença é que hoje ela me impressionou mais, embora eu não saiba por quê, pois não havia nela nada de diferente. Até o modo de Canarinho chorar foi o mesmo: aquele modo de chorar que faz lembrar esses meninos que vão chorar sozinhos no fundo do quintal, para a mãe não ver. Só que o quintal de Canarinho é o mictório, e, distraído como ele é, sempre deixa a porta aberta. Ou é de propósito, não sei...

No começo, quando entrei para a seção, eu ficava muito preocupado com ele, impressionado. Lembro-me ainda do que senti na primeira vez, vendo aquele homem, magrinho e descabelado, sentado no vaso sanitário e chorando com a cabeça enfiada entre as mãos. Foi uma das cenas mais estranhas que eu já presenciei em minha vida. Eu queria fazer alguma coisa — perguntar se ele não estava sentindo-se bem ou qualquer coisa assim —, mas não sabia o que fazer naquela situação. Então afastei-me, sem que ele me visse. Achei que seria essa a melhor atitude.

Depois contei a coisa para João, que foi, no serviço, o primeiro com quem travei amizade, o que se deve certamente ao seu gênio expansivo — João é dessas pessoas que fazem amizade logo e com todo mundo. Ele foi, na mesma hora, dando uma de suas risadonas, o que me deixou surpreso e um pouco irritado, pois eu não via motivo para uma risada daquelas: apesar de insólita, a situação era mais triste do que engraçada. Ele aí me contou tudo. Aquilo era novidade apenas para mim; o choro de Canarinho era coisa antiga na seção. Já fazia parte do "folclore da seção", como ele disse. Havia três anos já que aquilo se dava.

"Três anos que ele chora assim?", lembro que eu perguntei, espantado. E João, dando tapinhas no meu ombro e falando com aquele ar displicente de sujeito já antigo no serviço, disse: "Você está espantado à toa. Você não viu nada ainda. Você precisa ver os tipos que tem aqui, na Companhia: cada qual mais louco que o outro. A gente vê de tudo aqui, você vai ver. Canarinho até que não é dos mais doidos, não; há outros muito piores do que ele. Há uns que são louquinhos, podiam ir direto daqui para o hospício. O Romão, por exemplo; você já viu o Romão? Já te mostraram o Romão?" Não, eu ainda não tinha conhecido o Romão. Romão era um sujeito que cismava que era locomotiva e de vez em quando apitava feito locomotiva. Um pobre coitado que, de tanto guiar locomotiva, tinha ficado doido. Eu fiquei conhecendo-o depois. Um infeliz. Ou, melhor, um feliz, que iria direto para o céu quando morresse.

Continuando o diálogo: eu perguntei a João se Canarinho também era meio biruta, pois eu já tinha conversado ligeiramente com ele uma vez, e ele não me dera essa impressão. João: "Então um sujeito que faz o que você viu hoje pode ser um sujeito normal? Um sujeito normal fica sentado assim, numa privada, chorando, de porta aberta? Isso é coisa de gente normal?" Eu: "Ele pode ter se distraído." João: "Bem, vamos que seja distração, que ele tenha se distraído: é normal um sujeito na idade dele, um adulto, um velho, já se pode dizer, ficar assim, de tempos em tempos, chorando feito uma criancinha? Agora eu te pergunto: isso é normal? Um sujeito que faz isso pode ser chamado de sujeito normal? Claro que ele não é doido feito o Romão, ou feito o Galego, um outro que esteve aqui e já saiu; mas é, só que um doido de tipo diferente."

Perguntei se Canarinho já tinha sido visto antes naquela mesma situação em que eu o vira. João disse que sim, uma outra vez; mas no mictório, sem ser exatamente naquela situação, ele já tinha sido visto várias vezes. Mas ninguém mais ligava para aquilo. Aquilo já se tornara comum, rotineiro — já fizera parte do folclore da seção. Só os funcionários novos notavam, estranhavam; mas, depois de certo tempo, aquilo virava rotina para eles também. "A gente acostuma", João explicou. "A gente acostuma. Por exemplo: quando a gente ouve uma carreira de peidos lá na privada, pode saber que é o Canguçu que está lá dentro. Se é um chorinho miúdo de criança, é o Canarinho. Mas ninguém liga mais nem pros peidos nem pro choro, entende? Ninguém para pra pensar nisso. A gente se habitua. Passa a fazer parte do folclore da seção."

Essa expressão, "folclore da seção", João usou-a não sei quantas vezes; parecia que ela resumia tudo para ele, explicava tudo, encerrava tudo. Mas eu não estava satisfeito e queria saber mais. Continuei perguntando. Perguntei: "Mas por quê, afinal, que ele chora assim? Qual o motivo? É por causa de alguma coisa? Já perguntaram a ele? Ele já disse alguma vez por quê?" João: "Não, não disse. Se já perguntamos a ele? Já, já perguntamos; mas ele não diz. Quer dizer: ele diz, mas dá na mesma, porque ele diz que não é nada. Ele diz assim: 'Não é nada, é um resfriado.' Eu morro de rir: 'resfriado', o modo como ele diz. O modo e a coisa: o cara está chorando e diz que é resfriado, quando todo mundo está vendo que ele está é mesmo chorando. Mas principalmente o modo como ele diz: 'resfriado, não é nada, é um resfriado'. Não é engraçado? É um louco, mas uma boa alma, coitado; um bom coração, incapaz de matar uma mosca. E sabe que ele é bom funcionário? Sabia disso, que ele é um bom funcionário? Um dos melhores que nós temos aqui. Acredita?"

Não sei por que João me perguntava isso. Eu não pensara que Canarinho fosse mau funcionário; tal coisa nem me passara pela cabeça, como também não me passara pela cabeça que ele era doido só porque o vira no vaso daquele jeito. Então só porque eu via uma pessoa assim eu ia pensar que ela era mau funcionário? Que tinha uma coisa a ver com outra? Mas João é dessas pessoas que conversam muito e que vão falando sem parar, sem refletir um pouco se a gente está pensando desse ou daquele jeito.

Eu ainda perguntei outras coisas a respeito da vida de Canarinho: onde ele morava, se ele tinha parentes, etcétera... João me deu informações vagas: Canarinho morava num bairro longe; morava com uma tia velha, paralítica; tia ou irmã, ele não sabia direito; sabia que era velha e paralítica. Canarinho já falara com ele sobre ela, mas ele não lembrava direito se era tia ou irmã, esses detalhes assim ele não era bom para guardar, sua memória não era boa para isso. Notei que João já estava meio cansado do assunto e não espichei a conversa.

Isso foi tudo o que eu consegui saber a respeito de Canarinho. E até hoje ainda é, sobre ele, tudo o que eu sei. Por vários motivos: primeiro, que João era o que mais sabia a respeito de todos os funcionários, e se era só aquilo o que ele sabia, os outros certamente sabiam menos ainda, ou sabiam só o que João já sabia; segundo, que, fora João, eu, com os outros, quase não conversava sobre assuntos assim, e ao próprio Canarinho, nas poucas vezes em que conversei com ele — conversas sempre resumidas e rápidas —, nunca fiz perguntas dessa natureza; e, o motivo final, que eu não via razão para fazer essas perguntas, uma vez que eu não tinha ideias de ir à casa dele, ou de chamá-lo para vir aonde moro.

Lá, na seção, é assim: quando nos despedimos, cada qual vai para o seu lado, e é como se cada um deixasse de existir para o outro. A gente só se vê de novo no dia seguinte — a não ser, por um acaso, na rua. Eu é porque arranjei esse hábito de ficar escrevendo à noite, depois que chego em casa; senão me esqueceria logo deles. Ou será que é para não me esquecer deles que eu escrevo? Ou, então, ainda: é porque não me esqueço deles que eu escrevo. Não sei. Não sei também se gosto ou se não gosto de me lembrar deles. Só sei que em casa, à noite, quando abro este caderno para escrever, vou me lembrando de todos eles. Às vezes me lembro mais de um, outras vezes mais de outro; isso é de acordo com as coisas que aconteceram no dia, e, também, com o meu estado de espírito. Hoje, por exemplo, estou falando mais de Canarinho porque o vi lá no mictório, chorando. Mas eu já disse que isso não é novidade: já o vi várias vezes lá assim, depois daquela primeira vez.

Outro que, depois de João, me falou mais sobre Canarinho foi Haroldo — o qual, diga-se de passagem, eu não topo muito. Haroldo é formado em

Psicologia, e, só por isso, parece achar-se o sujeito mais inteligente do mundo. É o intelectual da seção, vê-se logo; qualquer novato logo vê isso pela sua cara fria, os óculos grossos, o peito raquítico, os braços finos, a palidez. Quando olho para ele, eu sempre penso que Haroldo é um sujeito que nunca diz uma frase como: "Hoje está um solzinho bacana." Ou: "Olha que ventinho gostoso." Ou: "Olha que mulher boa." Frases assim. Eu não duvido que Haroldo seja o mais inteligente de nós; um sujeito que pensa o tempo todo, como ele pensa, que não faz outra coisa a não ser pensar, e que lê como ele lê, tem de forçosamente ficar sendo o mais inteligente. Mas o que ele vai fazer com tanta inteligência se ele não vive? Ele sabe tudo, sabe que isso é isso, e aquilo é aquilo; mas de que lhe serve sabê-lo se ele não se interessa por isso ou por aquilo senão para dizer que isso é isso e aquilo é aquilo?

João diz que na seção há todo tipo de doido. É verdade. Mas um sujeito como Haroldo me parece mais doido, muito mais doido que Romão. Romão, em todo o caso, era um sujeito que ria, chorava, xingava, bebia, mesmo se julgando uma locomotiva. Eu sei que Haroldo nunca vai se julgar uma locomotiva, isso nunca vai acontecer com ele. Pois vou dizer: se acontecesse, acho que eu simpatizaria muito mais com ele. Sem querer exagerar, às vezes até as locomotivas me parecem mais vivas do que Haroldo; com seus ferros, seus ruídos, sua força, sua sujeira, sua fumaça, seu sino, seu apito, elas me parecem mais vivas do que ele com sua palidez, seus olhos fixos, suas palavras que ninguém entende. Romão, pelo menos, não humilhava a gente, e Haroldo parece estar sempre querendo fazer isso.

Não me esqueço do dia em que ele me perguntou se eu sabia o que era um esquizoide. Eu perguntei se era um tipo de inseto parecido com besouro, e ele deu um risinho de deboche — esse risinho que ele sempre parece ter, mesmo com a cara morta que tem. Ele não me explicou o que era; ele só disse isto: "Esquizoide é você, por exemplo." E foi cuidar do serviço. Eu achei melhor não perguntar nada e deixar para olhar em casa, no dicionário. Eu olhei, e até anotei no caderno. Está aqui, atrás: "pessoas de natureza concentrada, inquieta, contraditória consigo própria". De fato, é mais ou menos assim que eu sou; reconheço, não vou negar. Mas não precisava ele dizer isso do modo que disse — como se estivesse dizendo, por exemplo, que eu era um canceroso. Essas coisas a gente não diz.

Mas não é só comigo que ele fala assim: é com todo mundo e de todo mundo. Para ele parece que nós todos somos uns cancerosos — a humanidade inteira uma cancerosa. Vamos que seja assim (e, para ser sincero, eu também às vezes penso isso): mas a gente não devia dizer uma coisa dessas com aquele risinho de deboche. Não é coisa para rir ou debochar. É uma coisa triste, uma coisa muito triste, e eu acho que a gente nem devia dizê-la, como não se deve dizer a um canceroso que ele é canceroso.

Não sei, não tenho ideias firmes sobre isso; mas, de qualquer modo, a maneira como Haroldo diz essas coisas não me agrada, não me parece certa. A gente pode dizer a um canceroso que ele é canceroso; pode, mas dizer de tal modo que isso não o faça sofrer mais. Às vezes, conforme o jeito, pode dar-se até o contrário: ele sofrer menos. Tudo está no modo com que se fala, no olhar ou no sorriso que se tem na hora de falar. E às vezes nem é preciso falar: basta o olhar ou o sorriso. Por outro lado, se a um sujeito que não é canceroso a gente diz que ele é, para que serve isso? Não serve para nada; ou serve, no máximo, para criar inimizade. Não sei, às vezes fico pensando que Haroldo tem necessidade de que as pessoas não gostem dele, da mesma forma que a gente tem necessidade de que as pessoas gostem da gente. E, se é assim, eu não posso deixar de concluir que ele próprio é um dos mais doentes dessa humanidade de cancerosos.

Fico pensando também como será ele com os seus parentes mais chegados. Haroldo é solteiro, e não posso ter a menor ideia de que ele um dia se case. Alguns na seção dizem que ele é impotente, mas eu sei como pessoas do tipo dele dão margem a mexericos dessa espécie. Não é por isso que eu estou dizendo que eu não posso ter ideia de que ele se case; não é por causa desses boatos. É porque não posso imaginá-lo dando beijinhos de despedida na esposa. Ou imaginá-lo brincando de cavalinho com o filho. O máximo que eu posso imaginar é o filho brincando sozinho no quarto e Haroldo, num canto, parado, duro, com os olhos fixos detrás das lentes grossas, analisando o menino para descobrir se ele é um esquizoide ou um esquizofrênico. Já o imaginei também apresentando a família a alguém, e até ri sozinho quando imaginei isso — um tipo como Haroldo acaba é ficando cômico, de tanta seriedade, e a gente rindo. Seria assim: "Este é meu pai, esquizoide; esta é minha mãe, esquizofrênica; este é meu irmão, oligofrênico" — e assim por diante. A gente teria é de rir...

No dia seguinte, depois daquele dia em que ele me perguntou se eu sabia o que era um esquizoide, Haroldo, uma hora em que estávamos tomando café, me disse que Bethoven (acho que é com dois e: Beethoven) também era um esquizoide. Hoje o que me deixa mais danado da vida, quando me lembro disso, é o fato de eu ter entendido a coisa como um elogio. O que é a vaidade da gente... Na mesma hora senti-me assim, mais ou menos, como se de um lado estivéssemos eu e Beethoven, de mãos dadas, e do outro lado o resto da humanidade. Usando de uma comparação que me vem agora, é como se, só pelo fato de usarmos os dois a mesma marca de chapéu, eu pensasse que tivéssemos também os dois a mesma cabeça. É ridículo; a vaidade nos deixa totalmente cegos. Como não pensei, essa hora, no tudo que Beethoven tinha feito e no nada que eu tinha feito? Na distância abissal que há entre um gênio como ele e um obscuro barnabé como eu? É um monstro a nossa vaidade, meu Deus...

Depois é que eu percebi a intenção com que Haroldo dissera aquilo, e aí senti o ridículo do que eu havia pensado. Que elogio coisa nenhuma: o que ele quis dizer com aquilo é que mesmo um grande artista como Beethoven, que criou tanta beleza, era no fundo outro canceroso. Era isso o que ele queria dizer. Que mesmo os grandes homens, os que mais fizeram pela humanidade, eram também outros tantos doentes sem cura.

Foi antes dessas coisas que ele me falou sobre Canarinho; eu ainda não o conhecia direito. O que ele me disse então foi uma explicação complicada, cheia de palavras difíceis, que eu não entendia.

No fim, ele a trocou mais ou menos em miúdos para mim, e era isto: que Canarinho fazia aquilo para se castigar de uma falta grave que ele tinha cometido na infância, algo sujo e proibido que ninguém, provavelmente nem o próprio Canarinho, sabia o quê. Eu dizia: "Sei, sei", e devia estar com uma cara muito séria e atenta, impressionado com aquelas palavras complicadas que eu não entendia e com a sua cara fria e os seus óculos grossos.

Fiquei depois, em casa, mastigando a explicação e me lembrando daquela cena, que eu tinha presenciado aquele dia. Era difícil relacionar as duas coisas, o algo sujo e proibido e a cara em choro daquele homem franzininho. Eu não punha em dúvida a explicação; Haroldo era o intelectual da seção, formado em Psicologia, e eu, um modesto barnabé, que não passou do ginásio, não ia pôr em dúvida a sabedoria do mestre. Mas, como eu não entendia bem a coisa, achei melhor não pensar mais nela e ficar calado. Depois disso não perguntei a mais ninguém sobre Canarinho.

Da segunda vez que vi Canarinho em situação semelhante — eu tinha ido urinar e o encontrei lá, de costas, olhando para o basculante, e então o observei e vi que ele estava chorando —, tentei manter com ele uma conversa. Mas foi mesmo como João me havia dito: quando perguntei a ele o que era, se ele estava sentindo-se mal, ele, meio sem jeito e assoando o nariz, disse que era um resfriado — do jeitinho que João dissera — e foi logo saindo dali.

Tornei a vê-lo assim outras vezes, mas eu não perguntava mais nada; tinha vontade, mas não sabia o que dizer, sentia-me paralisado. Imaginava o que as outras pessoas no serviço já deviam ter perguntado a ele, as dezenas de perguntas que já deviam ter feito sobre a sua vida, João perguntando com aquela cara de boi sonso, Haroldo examinando-o, fazendo-lhe perguntas com aquelas palavras difíceis e dizendo-lhe talvez o que me disse, o algo sujo e proibido, tentando fazê-lo lembrar-se ali, na privada, Canarinho com os olhos ainda molhados e sem entender nada, de algo sujo e proibido que ele tinha feito cinquenta anos atrás; pensava em tudo isso e pensava no que ele sentiria quando "mais um", eu, começasse a lhe fazer perguntas sobre a sua vida. Eu não faria. Mas não podia acostumar-me com aquilo. Quer dizer, ficar simplesmente olhando, sem sentir nada, sem querer fazer nada. São coisas de esquizoide. João não sabia que eu era esquizoide, por isso disse que eu me acostumaria logo. Mas João não estudou Psicologia.

Pensando bem, é um troço besta eu ficar assim, preocupado com um sujeito que para mim nunca foi nada, além de mero colega de serviço. Nunca fez nada para mim, nunca veio puxar conversa comigo, nada. A única coisa que aconteceu é que o vi chorando. Mas quem me dirá que Haroldo também, ou João, não chora no mictório, por trás da porta fechada? Pode ser, pode perfeitamente; por que não? Eles também não são homens? Eles também não sofrem? Em todo o caso, Haroldo tem a sua inteligência: arranja um nome complicado para o choro, e pronto, o choro já passou, e ele já está bom. E João, João manda uma dúzia de palavrões, e pronto também, o choro também já passou, e ele já está dando uma de suas risadonas e conversando com todo mundo. Mas Canarinho, Canarinho eu não vejo como ele pode fazer: ele não tem a inteligência de um nem a saúde do outro; quando ele chora, ele só tem o choro dele, não tem nada em que se segurar — e o choro o carrega como se ele fosse uma folhinha de árvore.

Hoje, quando o vi lá assim, quase tornei a conversar com ele, mas de novo eu não soube o que dizer; tive de novo aqueles pensamentos que me paralisam. A única coisa que eu fiz foi, na hora que ele saiu do mictório, mostrar-lhe que ele havia esquecido a braguilha aberta. Ele me agradeceu como se eu tivesse acabado de salvar sua vida.

Depois, até a hora de sair, fiquei pensando nele. Acho que a minha ideia de ficar mais um pouco para pôr em ordem os papéis velhos foi, em parte, pretexto para eu ter a oportunidade de ficar a sós com ele, que é geralmente o último a sair, e então puxar conversa, talvez chamá-lo para tomar uma pinga no bar. Ficamos uns cinco minutos sozinhos, os dois na sala: ele lá, num canto, e eu cá, no outro. Falar-lhe me parecia tão difícil quanto falar a primeira vez com a primeira namorada. Difícil não é bem a palavra: é que eu não achava jeito. E não falei. Ele se levantou, despediu-se, e eu não falei. Eu ainda corri até a porta para chamá--lo: mas não chamei. Fiquei só olhando, até que ele ficou fora de alcance. Agora me vem este pensamento: por causa de uma palavra que eu não pronunciei, uma vida deixou talvez de ser salva.

Porque esta é a ideia que está zumbindo há alguns minutos na minha cabeça: a de que Canarinho vai suicidar-se — e, quem sabe, talvez, a estas horas, até já tenha se suicidado. Agora percebo que deve ter sido isso o que fez com que ele me impressionasse mais hoje. Havia, sim, qualquer coisa de diferente nele, agora percebo que havia; um ar estranho, fechado. Por que então ele hoje me impressionou mais do que nas outras vezes? Por que nas outras vezes eu não pensara nisso?

É como um pressentimento, uma previsão. Posso quase ver João, que é sempre o primeiro a saber das notícias, entrando na seção e comunicando essa à turma, com aquele ar de quem foi o primeiro a saber de uma novidade importante. E o pessoal dizendo: "O Canarinho? Não é possível, ontem ele estava normal aqui. O que será que houve com ele?" Normal. E eles ficarão imaginando o que houve com ele, que coisa rara e terrível terá acontecido àquele homem que o teria levado ao suicídio...

Fico imaginando o seguinte: um homem, durante muito tempo, necessita da ajuda dos outros, mas recusa — por orgulho, ou timidez, ou medo, ninguém sabe — a mão que se estende para ajudá-lo. Um dia ele precisa desesperadamente dessa ajuda, sua vida fica dependendo disso, da mão que se estenda para ele e que ele agora irá aceitar. Mas nesse dia mão nenhuma se estende — e então ele se mata. Essa mão é a minha, que eu não estendi hoje para ele. Bastaria chamá-lo, talvez; bastaria pronunciar o seu nome para que ele se sentisse salvo; bastaria isso, e isso não foi feito. Por quê? "Por falta de jeito." Simplesmente isso, falta de jeito.

Bolas... Dane-se! Isso mesmo, dane-se! Que tenho eu, afinal, com a vida de Canarinho? Que tenho eu com a vida de todo mundo? Querem matar-se? Matem-se! Por que tenho de salvar a vida dos outros? Não sou médico, nem santo, nem benfeitor da humanidade, e não pretendo ser nada disso. Sou só um obscuro barnabé, e é isso o que serei a minha vida inteira, e não penso nem quero ser outra coisa. E se um outro obscuro barnabé dá na telha de se matar, eu vou atormentar-me com isso e considerar-me culpado? Dane-se!

Imagino se eu fosse preocupar-me com todos os Canarinhos que existem no mundo... Quantos existirão, espalhados por aí, nas seções do mundo inteiro? Imagino uma multidão de Canarinhos chorando num gigantesco mictório: o choro ainda seria mais baixo que os peidos de uns três Canguçus ou as risadas de uns três Joãos. Dane-se! Matou-se? Pensando bem, o que de melhor ele podia fazer? Um de menos para sofrer, um a mais para ser esquecido. E o serviço continua, a seção continua, a vida continua. É o folclore do mundo, como diria João. E dane-se, dane-se!

Ninguém

A rua estava fria. Era sábado, ao anoitecer, mas eu estava chegando, e não saindo. Passei no bar e comprei um maço de cigarros. Vinte cigarros. Eram os vinte amigos que iam passar a noite comigo.

A porta se fechou como uma despedida para a rua. Mas a porta sempre se fechava assim. Ela se fechou com um som abafado e rouco. Mas era sempre assim que ela se fechava. Um som que parecia o adeus de um condenado. Mas a porta simplesmente se fechara, e ela sempre se fechava assim. Todos os dias ela se fechava assim.

Acender o fogo, esquentar o arroz, fritar um ovo. A gordura estala e espirra, ferindo minhas mãos. A comida estava boa. Estava realmente boa, embora tenha ficado quase a metade no prato. Havia uma casquinha de ovo, e pensei em pedir-me desculpas por isso. Sorri com esse pensamento. Acho que sorri. Devo ter sorrido. Era só uma casquinha.

Busquei no silêncio da copa algum inseto, mas eles já haviam todos adormecido para a manhã de domingo. Então eu falei em voz alta. Precisava ouvir alguma coisa e falei em voz alta. Foi só uma frase banal. Se houvesse alguém perto, diria que eu estava ficando doido. Eu sorriria. Mas não havia ninguém. Eu podia dizer o que quisesse. Não havia ninguém para me ouvir. Eu podia rolar no chão, ficar nu, arrancar os cabelos, gemer, chorar, soluçar, perder a fala. Não havia ninguém para me ver. Ninguém para me ouvir. Não havia ninguém. Eu podia até morrer.

De manhã o padeiro me perguntou se estava tudo bom. Eu sorri e disse que estava. Na rua o vizinho me perguntou se estava tudo certo. Eu disse que sim e sorri. Meu patrão também me perguntou, se estava tudo certo, e eu, sorrindo, disse que sim. Veio a tarde e meu primo me perguntou se estava tudo em paz, e eu sorri, dizendo que estava. Depois uma conhecida me perguntou se estava tudo azul, e eu sorri e disse que sim, estava, tudo azul.

O fantasma

Encontrar um fantasma não é fácil hoje em dia, mas eu encontrei um. Foi há pouco tempo, no Carnaval. Eu queria aproveitar os três dias de folga para descansar e pensei em ir para um lugar silencioso e calmo, distante da cidade. Nenhum me pareceu melhor que a casa de meu tio, uma casa abandonada em que eu, desde pequeno, ouvira falar.

A casa ficava numa região deserta, a cinco horas de viagem da cidade. Havia muitos anos que estava abandonada. Contavam a respeito dela a história de um fantasma, um sujeito que tempos atrás aparecera por lá, garimpando, até que um dia encontrou uma grande pedra de diamante. No dia seguinte acharam-no morto, decapitado, e a pedra havia sumido. Desde então o sujeito assombrava o lugar, que foi ficando abandonado, pois ninguém mais queria ir morar nele. Diziam que altas horas da noite o fantasma perambulava por lá, gemendo na escuridão: "Quede meu diamante... Quede meu diamante..."

Meu tio foi o último morador. Ele não tinha medo de fantasmas; como, porém, nunca encontrasse diamante e o lugar fosse imprestável para qualquer outra coisa, mudou-se para a cidade — e, à espera de um comprador, deixou a casa entregue às teias de aranha.

Achei que, para um repouso de três dias, não podia haver lugar melhor do que esse. E fui para lá.

Cheguei ao anoitecer. Fora o ruído do riacho, a alguns metros da casa, tudo o mais era silêncio. Nem uma árvore, nem um bicho, nada a se mover na paisagem deserta.

A casa era um sobradinho. Ela estava tão empoeirada dentro, que parecia fazer não anos, mas séculos que não entrava ninguém ali.

Depois de comer um sanduíche e de fumar um cigarro, deitei-me. Cansado como estava, dormi logo.

Acordei com o barulho da chuva: uma chuva tão forte que parecia querer achatar a casa no chão. Fiquei escutando-a, de olhos abertos no escuro — quando então ouvi um barulho diferente, vindo de dentro da casa, da parte de baixo, algo como um batido de janela. Pensei logo no fantasma, mas esperei para ver se o barulho se repetia.

O barulho se repetiu. Mas, ainda na dúvida, peguei o meu revólver na valise, acendi uma vela e fui ver.

Antes de atingir a escada, ouvi a voz: "Quede meu diamante... Quede meu diamante..."

Eu sorri, tranquilo. Guardei o revólver no bolso e fui descendo a escada, com a vela na mão.

Era o fantasma em pessoa que ali estava. Ao me ver, caminhou para mim, gemendo: "Quede meu diamante... Quede meu diamante..."

Estendi a mão para ele:

— Já o conheço: o senhor é o fantasma do decapitado, não é?

— Sim.

— Muito prazer — eu disse.

— Muito prazer?

Ele levou tanto susto, que sua cabeça caiu no chão.

Catou-a, tornando a pôr a cabeça no pescoço.

— Já ouvi falar muito no senhor — eu disse.

— Você não está com medo?...

— Medo?

— Medo de mim!

— Absolutamente — eu disse. — É até pelo contrário: tenho muito prazer em conhecê-lo.

— Não é possível.

Ele estava perplexo.

Convidei-o a sentar-se; ele não aceitou, e continuou olhando espantado para mim.

— Não acredito...

De repente sua expressão mudou: ele tomou um ar desconfiado e mau.

— Já sei: isso é um truque.

— Truque?

— Você está morrendo de medo de mim, mas finge que não está, para me espantar. Ou então finge para você mesmo, para se convencer de que não está com medo.

— Autossugestão?

— Isso.

Ele deu uma risadinha diabólica, e então fez uma cara bem feia e disse, na voz mais fantasmagórica do mundo:

— Quede meu diamante... Quede meu diamante...

— Ora — eu disse, — o senhor já está começando a me aborrecer...

A cara ruim desapareceu, e ele me pareceu profundamente decepcionado.

— O senhor não acredita no que a gente diz — eu prossegui. — Isso é aborrecido.

— Eu não estava mesmo acreditando; mas agora infelizmente estou... Desculpe-me...

Ele sentou-se.

Era bastante transparente, e eu podia ver, apesar da semiescuridão, as coisas que estavam detrás dele.

Sentei-me também, depois de pingar um pouco de cera na mesa e firmar a vela.

Lá fora a chuva continuava firme.

— Com efeito... — disse ele. — Mas me diga, se não o aborreço: você não está mesmo com medo?

— Não — eu disse.

— Nem um pouquinho?

— Nem um pouquinho.

— Ainda não posso acreditar...

— Quem tem medo de fantasmas hoje em dia? — eu disse, mas, percebendo que fora indelicado, pedi-lhe desculpas.

— Você tinha tanto medo de mim quando era pequeno... — ele disse, com um sorriso triste.

De repente seu rosto brilhou:

— Quem sabe você não está acreditando que eu existo, achando que eu não estou aqui, que eu sou apenas imaginação sua, apenas um fantasma no mau sentido da palavra?

— Que diferença isso faria? — eu disse.

Ele ficou pensando um pouco, depois disse:

— De fato, não faria diferença nenhuma...

— E eu — continuei, — quem me dirá que eu não sou apenas um fantasma de um fantasma? O seu fantasma, por exemplo. Não existo, sou a imaginação de um fantasma; o senhor já pensou nisso? O fantasma de um fantasma é um fantasma ou existe? Essa é que é a questão.

— Você tem razão. Mas você raciocina demais, e isso não é nada bom. Raciocinar demais faz esquecer o medo, e o medo é necessário.

— Pode ser... — eu disse.

— O medo é necessário — ele repetiu.

165

Ficamos um pedaço em silêncio.

Depois, ele começou a me falar de sua vida. Disse que havia anos que não saía dali e que ficara muito alegre quando me vira chegando. Até já esquecera como se assombrava uma pessoa; talvez fosse por isso que não conseguira me assombrar. Eu disse que não. Talvez já tivesse virado um fantasma gagá. Eu disse que ele deixasse de besteira, ainda era um fantasma muito bom.

— É horrível um fantasma gagá — ele disse.

Perguntou-me como iam as coisas no mundo.

— Como sempre — eu disse. — O senhor decerto já sabe que brevemente vão mandar um homem à Lua...

— À Lua?

Sua cabeça tornou a cair no chão.

— Não pode ser!

— É verdade — eu disse, sem compreender por que ele ficara tão chocado com a notícia.

— É o fim, é o fim — ele murmurou desconsoladamente, ajeitando a cabeça no pescoço. — E agora, como que nós, os fantasmas, vamos assombrar com lua?

Eu não soube o que dizer.

— Era tão bom assombrar com lua... — ele suspirou.

Eu estava com o maço de cigarros no bolso do pijama e ofereci um a ele.

— Obrigado, eu não fumo.

— Nem um só, para se distrair?

— Não, obrigado. Cigarro dá câncer.

Como que se esforçando para manter uma conversa, perguntou-me se já haviam descoberto a cura do câncer.

— Sempre dizem que descobriram — eu respondi; — mas parece que não descobriram ainda. Se empregassem nas pesquisas sobre o câncer o dinheiro que empregam na fabricação de bombas, talvez já tivessem descoberto.

— Bombas? — ele perguntou. — Que bombas?

— As bombas, uai; as bombas que eles fazem todo dia, os Estados Unidos, a Rússia, a França, a China... Bomba de hidrogênio, bomba de cobalto, bomba de nem sei mais o quê... O senhor não sabia?

— Bombas para matar, para destruir?

— Para que poderiam ser?

— Mas a Bomba Atômica... Não se arrependeram, não disseram depois da guerra que se arrependeram de ter feito a Bomba?

— Disseram.

— Meu Deus, meu Deus — ele disse, tirando a cabeça e cobrindo-a no peito com as duas mãos.

— E as guerras? — eu disse.

— Não! — ele disse. — Não quero mais saber disso. Por favor, não me fale mais disso.

Foi uma coisa estranha então como ele começou a tremer, a ponto de fazer barulho na cadeira.

Perguntei o que estava havendo com ele: com voz trêmula, ele respondeu que era medo.

— Medo?

Eu quase dei uma risada.

— Mas medo de quê? — eu perguntei.

— Medo de vocês, homens.

Era o fim: um fantasma ter medo de gente!

— Não é possível — eu disse.

Mas era medo mesmo; ele continuava a tremer, e só depois de algum tempo é que se acalmou.

Comecei a achar incômodo aquele negócio de conversar com ele sem ver sua cabeça — cabeça que ele continuava segurando no peito, coberta pelas mãos.

— Será que o senhor não podia tornar a pôr a cabeça? — eu perguntei. — Acho meio esquisito conversar assim...

— Não posso — ele respondeu, com a voz ainda trêmula. — Eu morreria de medo. Não posso mais ver um homem. Por favor, é a última vez que eu apareço no mundo...

— Está bem — eu disse, — não tem importância.

Era desagradável saber que ele estava com medo de mim.

— É só mais um minuto — ele disse; — é só para eu saber uma última coisa.

— Não tem importância — eu disse. — O que é que o senhor deseja saber?

— Crianças: elas ainda existem?

Eu disse que sim.

— Que bom — ele disse; — como isso me alegra... Crianças têm medo de fantasmas. Enquanto houver alguém que tenha medo de fantasmas ainda há esperança.

Uma dúvida repentina ensombreceu de novo sua voz:

— Ou as crianças hoje não têm mais medo de fantasmas?

— Creio que têm — eu disse.

— Creio?...

Ele parecia terrivelmente apreensivo, e, para tranquilizá-lo, eu disse que tinha certeza.

— O senhor sabe: criança é sempre criança.

— Não sei — disse ele, roído pela dúvida. — Não sei. Num mundo como esse, não será nada de estranhar que amanhã as crianças não sejam mais crianças...

— Não há esse perigo — eu disse.

— Não sei. E quem sabe, quem sabe já nem há mais fantasmas no mundo e eu seja o último deles...

— Oh, seguramente que não, que bobagem — eu disse, sem muita convicção. — Ainda há muito fantasma dando sopa por aí...

169

A vela já estava quase no fim, e eu bocejava de sono, com vontade de cair na cama outra vez.

Depois de certo tempo, como ele não tornasse a falar, eu me levantei e disse:

— O senhor repara se eu for dormir? A prosa está boa, mas a viagem foi longa e me cansei...

Ele não respondeu.

Esperei mais um pouco, em pé, mas ele não falou. Estava tão transparente, que se tornava difícil enxergá-lo.

Eu ia repetir a pergunta, mas ele estava tão imóvel e silencioso, que preferi calar-me.

Peguei o toco de vela, com cuidado para não queimar os dedos, e fui subindo a escada.

Lá de cima, voltei a olhar para baixo: ele havia desaparecido.

Enquanto dura a festa

Eles estão lá embaixo, chorando o morto: Mamãe, meus irmãos, meus tios, meus primos primeiros, meus primos segundos, os amigos, os inimigos, os vizinhos, os caridosos, os curiosos, os que iam passando, os que souberam, os que gostam de ver defunto ou gente chorando — todo mundo.

Às vezes fica tudo tão silencioso, que começo a dormir. Mas logo alguém grita ou há um choro desatinado, e eu rolo na cama, com o travesseiro grudado no rosto, xingando. Não se cansam? Desde a madrugada isso.

Na hora que ele morreu, minha irmã veio gritando pela casa como se fosse o fim do mundo; acordei com o coração na garganta, quase que eu morro também. Levantei-me do jeito que eu estava, só de cueca, e fui correndo ao quarto dele. Mamãe estava lá, na cabeceira da cama, desesperada. Corri ao telefone e chamei o médico.

O médico veio, examinou, abanou a cabeça. "Não! Não!", gritava Mamãe. Estava uma cena ridícula: o velho na cama, morto, de olhos arregalados e boca aberta; Mamãe, de camisola e descabelada, agarrando Papai e gritando; minha irmã, também só de camisola, agarrada à Mamãe e também gritando; o médico de terno e gravata (afinal ele não correu tanto assim como disse: não teve tempo de pentear o cabelo e de pôr a gravata?), e eu só de cueca.

Lembrei-me desses quadros: "À cabeceira do morto". Só que neles nunca aparece um sujeito de cueca, e os mortos têm sempre uma expressão bela e serena. A expressão de meu pai era a última coisa do mundo que se poderia chamar de bela e serena: era horrível, uma expressão de dor, pavor e desespero. Se eu acreditasse em inferno, diria que meu pai àquela hora estava vendo o inferno.

Depois arranjaram a cara dele: fecharam os seus olhos e amarraram um pano ao redor de seu rosto. Chamam isso de "respeito pelos mortos". Eu queria ver, num velório, um morto com aquela cara que tinha meu pai. Mas um morto não tem direito nem mais à própria cara.

Logo a casa se encheu de gente. Primeiro vieram os vizinhos, os parentes; depois os outros. Eles arranjaram tudo. Meu irmão casado veio logo e tomou as providências necessárias. Na hora de botar o velho no caixão, eu ajudei, pegando nos pés dele. Depois vim para o quarto. Espero que ninguém venha aqui me chamar. Eu já avisei. Eles sabem como eu sou. A morte do velho não muda nada: eu não tinha nada com ele em vida, por que vou ter agora que ele está morto?

"Meus sentidos pêsames" — os palhaços. Um chegou com a cara de pêsames mais caprichada do mundo e, na hora de me estender a mão: "Meus parabéns" — e nem deu pela coisa. Quase estourei numa risada. Há os que chegam e não dizem nada, só dão uns tapinhas e ficam um pouco abraçados com a gente. Nogueira foi um desses. Chegou e me deu uns tapinhas nas costas — mas eu não estendi um dedo para o filho da puta.

Nogueira devia um milhão para Papai, que vivia atrás dele, cobrando. Mas o desgraçado sumia, que ninguém achava; e quando dava o azar de ser encontrado, prometia que viria aqui em casa acertar tudo. Papai não acreditava, claro; mas já andava cansado e doente, não queria complicação. Um milhão. Agora o velho morreu, e Nogueira aparece, todo santinho, todo compungido, todo minhas-condolências.

"Evitem de ele ter aborrecimentos fortes", dizia o médico. Um milhão é um aborrecimento forte. Eu devia ter perguntado a Nogueira: "Cadê o dinheiro?" Devia ter perguntado isso a ele ali, diante dos outros, na vista de todo mundo. "Cadê o dinheiro? Cadê o milhão que você deve para Papai?" Envergonhá-lo, humilhá-lo, mostrar que ele foi um dos que ajudaram a matar o velho;

fazê-lo ajoelhar-se diante do caixão e esfregar o nariz dele nos pés do defunto; fazê-lo pedir perdão, depois tocá-lo de casa a pontapés. Devia ter feito isso. Devia tê-lo arrasado, de tal modo que ele jamais se esquecesse disso, assim como os que tivessem visto a cena. Que isso ficasse em sua memória como um risco de faca na cara.

Bondade diante do caixão: o morto não precisa dela, ele está morto. Felizmente ele está morto. "Seu pai foi um santo homem", me disse o vizinho, o que Papai, em casa, chamava de crápula; como ele, em sua rodinha, chamaria Papai? Santo homem... Nunca, Papai nunca foi isso. Era um homem egoísta, às vezes cruel, um marido desconfiado, um pai sem carinho, um filho distante. Mas se durante a vida dele essas pessoas que estão lá embaixo agora tivessem chorado um pouco por ele, sido boas com ele, talvez ele tivesse sido melhor. Mas, vê-se, elas estavam esperando primeiro ele morrer. Ser bom com os vivos dá muito trabalho: amanhã ele estará morto, e iremos chorar sobre o seu cadáver — assim é mais fácil.

Santo homem (quem eles pensam que estão enganando? o morto? eles mesmos? os parentes do morto?): quando alguém diz isso, Mamãe chora, minha irmã chora, meu irmão chora, todo mundo chora. É como uma festa, uma festa fúnebre, em que, ao invés de rir, todo mundo chora e se embriaga com lágrimas, enquanto piedosas mentiras são ditas à meia-voz por rostos falsamente compungidos. E, no meio de tudo isso, o morto — a causa, o pretexto, o ornamento. Sua alma já descansou, mas seu corpo ainda deve permanecer, enquanto dura a festa.

Meu amigo

Aos quinze anos, eu tinha vindo estudar na capital. Sentia-me só na cidade. De dia, a agitação das ruas me dava medo e me confundia. De noite, eu olhava para as janelas acesas dos edifícios e queria voltar para casa — mas minha casa estava longe, a milhares de léguas de distância. Eu saía andando pelas ruas até minhas pernas se cansarem, e então voltava. Eu não ia a lugar nenhum: eu não tinha aonde ir. No sábado, ia ao cinema, mas não tinha dinheiro para ir nos outros dias. Papai me mandava uma mesada: eu pagava a pensão, o colégio e as outras necessidades; quase não sobrava.

As aulas eram de manhã. Os alunos me pareciam hostis, e os professores mais ainda. Eu só conversava com meus colegas quando necessário. Não participava dos jogos nem das festas. Nos intervalos, ia para o local mais isolado do pátio e ficava sentado na grama, olhando a paisagem. Quando as aulas terminavam, eu era o primeiro a sair. Ia direto para casa. Quando um colega me chamava para beber no bar, eu dizia que tinha de ir embora.

De tarde, eu ficava no quarto, estudando. Meu companheiro de quarto trabalhava num bairro distante: ele saía de madrugada, quando eu ainda estava dormindo, e só voltava à noite, quando eu já tinha ido dormir. Eu não o via. Nos domingos e feriados, eu conversava um pouco com ele. Ele era mais velho do que eu cinco anos e não tinha muito interesse em conversar comigo. Perguntava se eu estava gostando do colégio, se eu recebera notícias de casa, se eu não estava precisando de alguma coisa. Depois disso, o assunto acabava. Duas vezes me chamou para sair com ele: eu não fui. O resto do pessoal da pensão eu só cumprimentava. Eram mais velhos do que eu e estavam muito ocupados com os seus problemas, para me darem maior atenção.

A dona da pensão queria me tratar como se eu fosse seu filho, mas mãe é uma só: a minha estava longe, e eu não gostava que ela se fizesse de minha mãe. "Meu menino já tomou lanche?" "Meu menino já vai deitar?" Eu não gostava que ela me chamasse de "meu menino". Eu não era seu menino. Ela não era minha mãe. Aquela casa não era minha casa. Aquela cidade não era minha cidade.

Meus pais e meus irmãos estavam longe. Eu estava sozinho. Sentia medo e tristeza. Queria ir para longe dali e não voltar nunca mais. Queria voltar para a minha cidade e à noite ir ao cinema com meus amigos, correndo pela calçada e saltando e batendo a mão nas placas das lojas, e nos domingos ir à fazenda pescar e ficar deitado na beira do rio, ouvindo o barulho das corredeiras e os pássaros cantando na grimpa das árvores.

Eu gostava muito de ler. Mas não podia ficar comprando livros. Comecei a frequentar a biblioteca pública que ficava mais perto de onde eu morava. Era um prédio antigo, numa rua movimentada. Os móveis também eram antigos. A biblioteca toda tinha um ar de antigo, de coisa velha e mofada. Isso, ao invés de me afugentar, me atraiu. Eu encontrara um lugar para onde fugir, à noite, do medo e da tristeza. A biblioteca tornou-se para mim uma ilha no mar da cidade.

A biblioteca não era muito frequentada à noite. Depois de alguns dias, verifiquei que eram quase sempre as mesmas pessoas que lá iam. A maioria homens, e adultos. Poucos rapazes e quase nenhum menino. Isso também, ao invés de me espantar, me cativou e me fez sentir mais à vontade ali do que nos lugares frequentados por pessoas da minha idade.

Eu ia para uma mesa no canto e ficava lendo até a hora de fechar. Ninguém vinha conversar comigo. Havia duas salas: uma menor, para os jornais e as revistas, com uma só e grande mesa; e a outra, maior, com estantes de livros e várias mesas de tamanho comum, espalhadas. Quando eu chegava, ia primeiro ler algum jornal ou folhear as revistas; às vezes encontrava páginas cortadas com gilete. Depois ia para o salão e pegava um livro com o bibliotecário.

Havia dois bibliotecários: um gordo, de óculos, que não parava quieto e saía toda hora para a rua; e o outro, mais novo e magro, que raramente saía, ficando a maior parte do tempo em sua mesa. Este era atencioso e delicado. Quando acontecia de não haver o livro por mim procurado, sugeria-me outros do mesmo autor, ou, percebendo as minhas preferências, livro de autor diferente. Mas não fazia isso como um vendedor de loja, que quer a todo custo vender algo. Era gentil, mas não insistente ou cheio de coisas. Dizia: "Há um outro livro desse mesmo autor, bom também." E perguntava se eu conhecia. Não dizia que eu devia ler o livro. Eu dava uma olhada, folheando as páginas. "É bom?", eu perguntava. "Muito bom", ele respondia. "Vou levar esse então." Ele não dizia mais nada. Eu ia para a mesa, levando o livro.

Às vezes eu fazia isso só para corresponder à sua atenção. Mas depois, começando a ler o livro, eu ficava satisfeito. Ficava também surpreso por ele ter em tão pouco tempo entendido as minhas preferências, sendo que eu conversava pouco com ele. Então eu, de onde estava, erguia os olhos para fazer-lhe um gesto de agradecimento: encontrava-o naquela posição de sempre, sentado e como que debruçado na mesa, o olhar esquecido num ponto do salão, ou, por coincidência, parado em mim. A coincidência não era grande, já que, havendo poucos leitores no salão, e às vezes apenas eu, fosse normal que ele, na falta de outra pessoa, olhasse para mim. Eu fazia o gesto, e ele respondia, sorrindo fracamente.

Se ele não estava olhando para mim, eu ficava um instante esperando que isso acontecesse, e então o observava mais. Ele me parecia uma pessoa desanimada, a julgar pela expressão permanente de seu rosto e pelo seu modo de ficar à mesa. Desanimada e triste. A tristeza estava nos olhos e na voz, fraca e lenta. Uma tristeza que parecia vir de muito longe e estar há tanto tempo com ele, que já se tornara parte dele. Eu não conseguia imaginá-lo alegre. Nunca o tinha visto alegre. E se ele sorria, seu sorriso também era triste. Um sorriso apagado e frio. Não dava vontade de sorrir com ele. Mas era raro ele sorrir.

Uma noite conversamos mais. Eu estava com sede e fui beber água na talha que havia na outra sala. Ele me disse que eu esperasse; foi ao fundo e trouxe uma bilha de barro. Disse-me que a água da talha não era boa. Aquela ali ele arranjava só para ele: quando eu quisesse, era só dizer. A bilha me deu saudade da fazenda, e eu lhe disse. Ele me contou que também era do interior. Morara muito tempo numa fazenda e também tinha saudades de lá. Também não gostava da capital. Eu lhe disse que odiava a capital. Ele me disse que também, também ele era assim: odiava. E eu percebi que ele também se sentia só.

Eu quis perguntar-lhe onde morava, com quem morava, sua família, onde nascera. Mas não perguntei. Disse-lhe que me sentia muito solitário no meio daquela multidão de desconhecidos — eu estava lendo um livro em que um personagem dizia isso... Ele teve um de seus sorrisos: "Você é um menino ainda, você não sabe o que é solidão..." Pôs a mão na minha cabeça e deu uma leve sacudida: "Um menino..." Esse gesto súbito de ternura me deixou um pouco embaraçado, e eu olhei para o livro aberto na mesa. Ele percebeu e tirou a mão.

Voltou a me falar na fazenda. Lá, ele tinha uma criação de pombos. Um pombal só com pombos brancos. Todos brancos. "Brancos como a inocência", ele disse. "Eu levantava com o nascer do sol e ia lá vê-los. Eles voavam em bandos no céu, muito azul àquela hora. Eu então deitava na grama, ainda úmida de orvalho, e ficava olhando, vendo eles voarem. Não eram muitos: trinta. Mas depois de certo tempo em que eu ficava ali olhando, vendo eles passando e tornando a passar, a impressão que eu tinha é a de que eram muitos, dezenas, centenas de pombos enchendo o céu. E eu tinha a impressão de que eu estava no melhor lugar do mundo; que ali era o paraíso."

Parou um pouco. "Às vezes", continuou, "quando eu estou sentado ali, na mesa, e não há ninguém aqui, eu fecho os olhos e vejo de novo os pombos em minha imaginação, como se eu estivesse lá outra vez, na fazenda, deitado na grama, eles voando." "E o que você fez com eles?", eu perguntei. "Eles ainda estão lá, onde você deixou?" Ele olhou para a janela. "Não." "O que você fez com eles?" "Eles morreram." "Morreram? Todos?" "Todos." "O que foi que houve? Doença?" Ele continuava olhando para a janela. Então disse: "Eu os matei." "Matou? Mas por quê? Por que você matou eles? Eles estavam com alguma doença, alguma doença perigosa?" Ele não respondeu. "Preciso voltar para a mesa", disse e se afastou. Eu continuei pensando naquilo: por que ele os matara? Se não era por doença, por que poderia ser?

Na noite seguinte tornei a perguntar-lhe. Eu passara o dia pensando naquilo, imaginando-o a matar a tiros os trinta pombos, um por um, e depois eles mortos, sujos de sangue, espalhados pelo chão. Por quê, por que ele os matara? "Não fique pensando nisso", ele disse. "Isso aconteceu há muito tempo. Eu era rapazinho; como você.

Você me faz lembrar os pombos; é por isso que eu te contei a história deles. Você é a única pessoa na cidade a quem eu falei sobre eles. Você também gostaria deles, eu sei. Você é como eu era na sua idade."

Eu continuava querendo saber, não parava de pensar naquilo: por que ele os matara? "Você não gostava mais deles? Foi por isso que você matou eles?" "Como eu poderia não gostar mais deles?", ele disse. "Eles eram belos, puros, mansos..." "Por que você não volta para lá e arranja outros pombos, faz outro pombal?" Ele ficou olhando para a janela. Quando olhava para a janela, ele não falava. "Você ainda gosta de pombos?" Ele sacudiu a cabeça vagamente. Não estava mais me escutando. Estava longe dali.

Ele não tornou a falar nos pombos. Nem eu tornei a perguntar, com medo de ele achar ruim. Nossas conversas passaram a girar mais sobre os livros. De vez em quando ele voltava a falar na fazenda e no interior, mas não tocava nos pombos. Conversávamos em sua mesa, na hora que eu ia buscar o livro. Ou então ele se levantava e vinha até onde eu estava. Ele não vinha diretamente: ia à janela e ficava olhando para a rua; depois vinha andando devagar, de volta, e parava em frente à minha mesa. Ficava ali, em pé. Eu parava de ler e dizia alguma coisa a ele. Se eu não dissesse nada, ele continuaria andando de volta à sua mesa, como acontecia também quando eu apenas levantava os olhos do livro e sorria para ele.

Sentia-me envaidecido por ser o único a quem ele falara sobre os pombos. Depois notei que eu era também o único com quem ele conversava na biblioteca. Atendia os outros com a mesma gentileza, mas não procurava conversar com ninguém; e, menos ainda, ia às outras mesas. Nem com o outro bibliotecário eu o via conversar: quando estavam juntos, eram como dois estranhos. Tudo isso me fazia ver o quanto ele me considerava, o que eu era para ele. Eu era a pessoa a quem ele podia falar dos pombos. Eu era um amigo para ele. E ele era também para mim um amigo: meu único amigo na cidade em que ele também se sentia solitário e que ele também odiava. Éramos iguais e estávamos juntos na ilha.

Um dia, no colégio, um colega me disse, rindo: "Eles estão falando aí de você..." "De mim?", eu perguntei. Ele continuou rindo. "De você com o Nandinho..." "Nandinho? Quem é o Nandinho?" "O Nandinho; o Nanando..." "Quem é o Nanando?" "Você não sabe mesmo ou está brincando?" "Não sei, não." "No duro mesmo? Você não sabe?... O Fernando, o bibliotecário lá da biblioteca pública. Você não sabia que ele tem apelido de Nandinho? Que ele é veado?..."

Veado. Eu não podia parar de pensar: veado. Nandinho. Nanando. Você não sabia que ele é veado? Minha cabeça girava: veado. Meu peito ofegava, minhas mãos riscavam o lençol, a escuridão ondulava e enchia-se de vozes e risos, e meus lábios repetiam: veado; veado; veado.

Não fui mais à biblioteca. Não passava lá em frente nem perto; quando tinha de passar, eu dava a volta no quarteirão. Rezava para não encontrar o bibliotecário na rua. Duas vezes o vi de longe, e escondi-me antes que ele me visse.

Quando outro colega mexeu comigo, fiquei com tanta raiva que avancei em cima dele aos murros e pontapés, e foi preciso uma turma para me segurar. Ele não mexeu mais, nem os outros colegas. Passaram a ter medo de mim. Meu isolamento começou a romper-se. Ao vencer o colega, era como se eu tivesse vencido a cidade inteira.

O ano foi passando. Eu não voltara à biblioteca, nem tornara a ver, na rua, o bibliotecário. Ele continuaria lá?, eu pensava. O que ele teria pensado de mim? Ficaria lembrando-se de mim ou já teria me esquecido? E voltava a pensar: por que ele matara os pombos? Seria alguma coisa relacionada à sua anormalidade? Ou teria inventado aquilo tudo só para ficar conversando comigo? Não me ocultara o tempo todo o que ele era? Ele podia também ter inventado aquela história toda, e os pombos nunca terem existido. Não era esquisito um sujeito ter só pombos brancos? E a história do interior e da fazenda: tudo inventado? O que ele estaria planejando? O que teria acontecido se eu continuasse indo à biblioteca? Por fim deixei de pensar nisso tudo. Minha atenção se voltou para outras coisas.

Dois anos depois o encontrei, por acaso, num bar. Era de tarde. Ele estava sentado a uma mesa do canto. Não o reconheci logo, e, quando o reconheci, eu quis fugir, mas ele já me havia cumprimentado: eu respondi, mas não fui lá. Eu tinha ido tomar uma vitamina, e fiquei em pé, no balcão. Quis tomar depressa e ir embora, mas pensei: diabo, vou ficar a vida toda fugindo desse sujeito? Por quê? O que ele me fez? Ele não me fez nada. Se ele quisesse conversar comigo, que viesse. Eu não iria lá; não queria conversar com ele.

Continuei tomando a vitamina, sem pressa. Para sair, ele tinha de passar por mim. Vi quando ele se levantou. Veio e parou ligeiramente atrás de mim, conferindo o troco. Foi como na biblioteca: se eu não tivesse olhado para ele, ele teria continuado e ido embora. Eu olhei. "Está bom?", eu disse. Ele respondeu. Sua voz parecia mais fraca ainda. E então vi por que não o reconhecera logo: eu o tomara por um velho. A cabeça, que no tempo da biblioteca já tinha alguns cabelos brancos, agora estava grisalha. Mas era o rosto o que nele mais envelhecera: envelhecera espantosamente. Naquele tempo ele parecia ter uns trinta anos; agora parecia ter cinquenta. Os dois anos tinham sido vinte para ele: o que havia acontecido nesse período, para acabá-lo assim?

Ele percebeu meu espanto e baixou o rosto como se estivesse envergonhado. Ele estava ali, parado, e eu não sabia o que lhe dizer; procurava uma frase, mas não achava nenhuma. "Você não apareceu mais...", ele disse, olhando-me e procurando fazer-se natural; mas eu percebi como aquela frase saía do mais fundo dele e como ele estava perturbado com aquele inesperado reencontro. "É...", eu disse; "outras coisas, sabe como é..." "Senti falta de você lá...", ele disse. "Você era um garoto muito inteligente... Agora cresceu... Você ficou moço depressa..."

Sentia-me embaraçado, e perguntei-lhe se ainda continuava na biblioteca. Ele havia saído; fazia um mês. Teve um daqueles sorrisos: "Estou contente por ter te encontrado... Lembra daquela noite dos pombos? Aquela noite em que eu te falei nos pombos..." Eu disse que lembrava. Pensei que ele fosse, enfim, me dizer por que os matara. "Pois é... Lembra que você me disse por que eu não criava pombos outra vez, não fazia outro pombal?" Eu disse que lembrava.

187

Ele passou os dedos pelo queixo, olhando para o chão: parecia estar morrendo de vergonha, e isso me deixava mais embaraçado ainda. "Pois é, eu estive pensando, agora que eu deixei a biblioteca; estive pensando nisso, nessa ideia de fazer outro pombal." "Aqui?", eu perguntei, para perguntar alguma coisa. "Não, lá mesmo, onde eu morei; na minha terra. Eu vou voltar para lá, mexer com hortaliça de novo. É melhor do que ser bibliotecário. E então eu talvez aproveite e faça outro pombal. Quem sabe? Só que não será como o antigo, pombos brancos. É muito difícil. E para quê, se eu já tive um, não é mesmo? Era um pombal bonito... Mas esse também vai ser. Pombos de todas as cores: azul, marrom, preto, roxo... Só não vai ter branco; dos outros vai ter todos. Gosto muito de pombos. Toda a vida gostei. Desde menino. Vai depender ainda de outras coisas; mas bem que eu gostaria de ter um pombal outra vez..."

Ele tornou a sorrir. Eu não achava o que lhe dizer. Por fim ele me estendeu a mão: "Foi um prazer revê-lo..." "O prazer foi meu", eu disse.

Vazio

Fecha a porta de leve.

Sem tirar o paletó (a primeira coisa que fazia depois de entrar), sentou-se na poltrona da sala. Encostou a cabeça atrás e ficou olhando para o teto.

A mulher veio da cozinha. Assustou-se:

— Uai, você aqui essa hora? O que houve?

Ele não respondeu, nem se moveu; continuou olhando para o teto como se não tivesse visto ou ouvido a mulher.

— Aconteceu alguma coisa?

Ela se aproximou da poltrona.

— O que aconteceu?

Olhou-o bem no rosto: ele então olhou para ela.

— Não é hora de você estar aqui...

Esperou a resposta nos olhos dele, na boca, talvez um sorriso; mas a boca não se mexeu, e os olhos, parados nela, mas não olhando para ela ou para alguma coisa nela, nem para algo invisível que, estando nele, lembrança ou pensamento obsessivo, como que estivesse entre ele e ela. Não era, também, o olhar para dentro, de quem medita, tão frequente nele. Aqueles olhos estavam olhando para nada — como se na frente deles e detrás deles só houvesse o vazio. Eles estavam ali, só estavam ali, naquele rosto imóvel e sem expressão.

A boca, muda; não a mudez de quem está abafando palavras ou silêncio, mas a mudez de quem tivesse desistido da palavra e do silêncio, pois aquela mudez era mudez de nada.

A mulher se agachara ao lado da poltrona e passava a mão carinhosamente na cabeça dele.

— Por que você não quer dizer? Está doente?

— Não.

— Então o que houve? Por que você está aqui? Não é hora de você estar aqui; você nunca vem aqui essa hora... Deve ter havido alguma coisa. Hoje não é feriado...

O rosto voltado para o teto.

— Hem?...

Ela encostou com ternura o rosto na mão dele sobre a poltrona.

— Você sempre me contou as coisas; por que não quer me contar agora?

— Está bem — ele disse. — É que eu não vou mais trabalhar. É isso.

— Não vai mais trabalhar? Como? Hoje?...

— Hoje e sempre.

— Você está brincando?...

Ela sorriu, ou antes, procurou sorrir e quis, esperou que ele também sorrisse — mas ele não sorriu, seu rosto não se modificou: a mesma expressão de nada.

— Paulo, você sabe que eu não gosto dessas brincadeiras.

— Não é brincadeira.

— Mas então que ideia maluca é essa? Você se desentendeu com alguém no escritório?

— Não.

— O que houve então?

A mulher tornou a se agachar ao lado da poltrona.

— Nós nunca tivemos segredos um para o outro, tivemos? Então por que você não quer me contar agora? É alguma coisa que eu não possa saber?

— Eu já disse: eu não vou mais trabalhar.

— Mas como, Paulo, como que você pode fazer isso? Você tem família, tem eu, os meninos, você... Como?

A mesma mudez.

— Sabe o que há? Você está esgotado; é isso. Basta olhar para sua cara para ver que é isso. Você trabalha demais; eu sempre te digo que você trabalha demais. Você está precisando de descanso, de férias.

O rosto imóvel.

— Olha: por que você não antecipa as férias? Fale com o seu chefe, você disse que ele é muito camarada; fale com ele, diga que você anda esgotado e está precisando de umas férias. Ele não vai negar, vai? A gente vai para uma praia, eu chamo a Mamãe para ficar com os meninos. O que você acha?...

Ele fechou os olhos.

— Hem?...

Ele não respondeu.

— Se você não quer... Então dê uma sugestão... O que você acha melhor?...

Os olhos fechados.

— Paulo!

Ele abriu os olhos.

— Eu estou falando com você, responda!

— Diabo, por que você não para de falar? Eu já disse tudo. Eu não estou com vontade de conversar; você não está vendo que eu não estou com vontade de conversar?

— Pois eu estou, e você vai responder às minhas perguntas. Que desaforo também, ora essa. Pois eu não saio daqui enquanto eu não puser essa história em pratos limpos. Eu sou sua mulher, você tem de me dizer.

Ele tornou a fechar os olhos, reclinando a cabeça de lado na poltrona.

— Como é? — ela disse. — Estou esperando.

Os olhos fechados.

— Anda; fale.

Ele imóvel.

— Fale!

O jarro atingiu-o de cheio no rosto.

Ele não chegou a erguer-se: teve um estreme-cimento, e a cabeça tombou.

A mulher viu o sangue na fronte e, antes de qualquer gesto, entendeu que o havia matado.

Tremor de terra

Ela tinha um rostinho que me encantou, um rostinho lindo como — não sei como o quê, não encontro nada que possa dar uma ideia de como era lindo o rostinho dela, um rostinho maravilhoso, e eu apaixonei-me por ela como se eu fosse um rapazinho de quinze anos e ela uma garota de quinze; mas eu não tinha quinze anos, eu tinha quase vinte, e ela mais de vinte e era casada e mãe e dona de casa e professora, uma mulher com todos os requisitos necessários para isso. Apaixonei-me de cara, no primeiro dia, no primeiro instante, foi um troço doido, eu não ouvi uma vírgula do que ela disse na aula, não despregava os olhos dela, era uma coisa maluca, um desatino.

O que eu senti, eu não parava de escrever se fosse falar nisso. Algumas coisas eu nem ia ter jeito de dizer, de tão estranhas e incompreensíveis. Era como se eu, durante toda a minha vida, desde criança, estivesse procurando uma coisa decisiva para mim, e para isso tivesse batido milhares de vezes diferentes em portas fechadas, por trás das quais estava o que eu procurava — mas a porta não se abria, e eu não tinha o que procurava, nem sabia o que era, e continuava procurando. Então, de repente, ela havia entrado na sala, entrado como entraria em qualquer outro dia e do modo como qualquer outra pessoa entraria, e eu descobria que era ela o que eu havia procurado todo aquele tempo, a coisa decisiva, a mais importante, a que daria sentido a todas as outras, a peça fundamental que estava faltando para tudo funcionar.

Isso foi só uma das muitas coisas que eu senti. Nessa noite eu ainda não sabia nada sobre ela, nem pensei se ela era casada ou não. Estava tão embevecido que não vi a aliança no seu dedo; como iria ver um detalhe desses naquela hora? E que diferença faria se eu visse? Isso era tão sem importância quanto ver a cor dos sapatos dela, que eu também não vi. Ela estava ali, tinha aparecido, tinha surgido do fundo do nada; estava ali, na minha frente, bem ali, na minha frente, diante de meus olhos maravilhados, em carne e osso, movendo-se, falando, piscando, sorrindo, passando a mão nos cabelos; estava ali, depois de uma eternidade de espera; eu podia fechar os olhos, que ela estava ali, podia sair para a rua e ver e ouvir e dizer e fazer todas as coisas que eu tinha feito e dito e ouvido e visto ontem, quando ela ainda não existia, e voltar e chegar à porta da sala e olhar, que ela estava ali; podia ir para casa e entristecer-me, desesperar-me, gritar, chorar, e eu saberia que ela estava ali, que ela existia, que ali ou em outro lugar, mesmo o mais distante do mundo, havia agora um espaço em que ela estava, havia um corpo se movendo que era o dela, e uns olhos e uma boca e uma voz e um modo de olhar e de sorrir e de falar que eram os dela, que eram ela, desde agora e para sempre ela.

Essa noite eu não dormi, é óbvio. Fiquei pensando nela o tempo todo, se bem que "pensando" é um modo de dizer, porque a coisa era muito mais vasta, muito mais profunda: era como uma dança louca de todas as células do meu corpo. Amanheci pregado, incapaz de levantar-me da cama. E durante o dia aconteceu aquele negócio que é chato pra burro e que já tinha me acontecido de outras vezes: eu não conseguia ver direito o rosto dela na memória. A hora que eu me fixava numa parte — os olhos, por exemplo —, o resto se apagava, se deformava e eu tinha de correr para pegá-lo, e aí perdia o que já conseguira. Um troço exasperante. E eu não sabia o que fazer para esperar passar um dia inteiro, pois a próxima aula dela só seria na noite do dia seguinte, e só então eu a veria de novo. Nessa espera, eu não refleti sobre o que estava acontecendo, não analisei, não fiz nada. Só podia mesmo esperar, e isso já não era fácil.

Na segunda noite, embora o maravilhamento fosse o mesmo, eu já comecei a descobrir os detalhes, o primeiro dos quais que ela era casada; mas não foi pela aliança, foi depois da aula, quando a vi saindo com um sujeito que logo vi ser seu marido. Um cara boa-pinta, de terno. Ele era cônsul, fiquei sabendo depois. Soube também que eles tinham filhos. E aí comecei a querer saber tudo: onde moravam, de onde tinham vindo, onde ela estudara, quando casara, tudo o que se relacionava com a vida dela, mesmo coisas pequenas. Eu ia sabendo isso através de conversas com os outros. Não sei que interesse eu tinha nisso, mas era uma sensação engraçada: cada vez que eu sabia um dado novo, era como se eu me aproximasse mais dela, como se ela fosse mais minha. Por outro lado, o que eu ia sabendo me mostrava, com um terrível sadismo, como ela era de outro e como era infantil e maluco o que estava acontecendo comigo.

"O ano passado os dois estavam viajando pela Europa" — como se houvesse uma risadinha sádica por trás disso. Ela dizia: "O Ricardo diz que eu sou muito apressada." Eu não pensava nela, na pressa dela: pensava no Ricardo, e morria de ódio dele. Nunca odiei tanto um cara assim, e um cara que nunca me havia dito uma só palavra; para ele eu nem existia. Como que ele podia estar com a mulher que nascera para mim? O que estavam eles fazendo juntos? Ela era minha!

Ela era minha, mas eu nunca fiz nada para tê-la. Não, não é isso, esse é o tipo da frase que eu detesto, o tipo da frase falsa. Ela não era "minha", nem eu queria tê-la. Isso é influência das histórias de amor que eu andei lendo: lá há sempre um sujeito que diz de uma mulher que "ela é minha", como se estivesse falando de sua escova de dentes. Pois um cara desses merece é mesmo uma dona que seja como uma escova de dentes... Mas ninguém é de ninguém, e ninguém jamais, nunca, never, poderá ter alguém ou ser de alguém, a não ser nas imbecilidades do tipo *O Direito de Nascer* e nos filmes da Pelmex, *yo soy tuya hasta la muerte*, aquele trem.

Mas não é só isso: eu não queria tê-la também apenas fisicamente. Não tinha intenções escusas, para falar difícil. Não procurava um caso, uma aventura; nada disso. Tem gente que precisa ter pelo menos uma vez na vida pegado a mulher de outro para sentir-se realizado como homem. Eu não, eu sou mais modesto, procuro me realizar por outros modos, além do que esse negócio de mexer com mulher dos outros só dá complicação, e das complicações eu quero distância; basta as que já tenho dentro de mim. A não ser quando a mulher do outro já não é bem do outro, reconhecidamente do outro; aí ela é como qualquer prostituta, só que faz a coisa por diletantismo e não por profissão. Mas, ainda assim, eu prefiro a profissional: a gente vai, trepa e paga, não fica devendo favor, nem amor, nem amizade, volta para casa e esquece, não lembra nem mais o nome. Dalva ou Glória ou Marlene ou Valéria ou Paula ou Mara, tudo é a mesma coisa, o mesmo buraco, pernas, peitos, boca, palavrões, gemidos, uma explosão no escuro, a nota em cima da mesa, acabou-se, de volta para casa, dormir, nenhum problema, remorso, aflição, saudade, nada — o corpo sossega, a alma não incomoda, e o animal ronca feliz.

Não era isso o que eu queria com ela. Para dizer a verdade, a ideia de sexo com relação a ela só servia para atrapalhar, para estragar. Era estranho: a gente bate o olho numa mulher e vai logo imaginando-a pelada; mas com ela eu não fiz isso, não fazia isso, porque não quis ou sei lá por quê, o fato é que eu não fazia. Era assim como uma garotinha de quatro anos: a gente olha e não vai pensar nela pelada — se bem que tem muitos que não perdoam nem garotinha de quatro anos... Às vezes eu tentava pensar nela com o marido, como ela seria naquela hora, na cama, os dois, tudo. Mas era como se eu mastigasse uma borracha: a borracha afundava e depois voltava. Era assim. O pensamento durava

199

pouco. De repente eu me lembrava dela como a via na escola, e o pensamento sumia.

Bolas, se não era sexo, o que eu queria com ela? O que eu queria: era isso o que eu me perguntava. E eu não sabia responder. Nem sei ainda. É outra coisa das histórias de amor: tudo é claro, o sujeito sempre sabe por que faz isso ou por que deixa de fazer, por que gosta de uma dona ou por que não gosta. Pode ser que seja assim mesmo na realidade, com os outros, mas eu, eu não sou assim, eu sou confuso e complicado, e então tudo fica confuso e complicado, as coisas, as pessoas, o mundo todo, e começa a sair tudo errado, e a gente começa a ter medo e a encolher-se num cantinho escuro, porque, se a gente mexe o dedinho, cai um elefante na cabeça da gente, e então a gente não mexe nem o dedinho e fica bem quieto lá no escuro, olhando as pessoas que passam juntas lá fora, alegres e rindo, e sem entender por que as pessoas estão lá fora e a gente está aqui, escondido e com vontade de estar lá fora também com as pessoas, e então vai dando uma tristeza muito grande na gente e uma vontade de nunca mais sair do escuro, e, quando vê, a gente já está mexendo o dedinho para um elefante cair na cabeça, mas nenhum elefante cai, nenhum, e então o céu fica vazio de arrebentar o coração, e tudo fica mais escuro ainda.

Eu não sabia o que queria com ela. Não sabia. Amor platônico? À primeira vista parecia ser isso, mas não era, era diferente; era uma coisa muito mais profunda, dolorosa, desesperada, violenta, única, irremediável, absoluta. Era um desejo de abraçá-la, estreitá-la no meu peito, o rosto no meu rosto, esmagá-la tão fortemente contra mim que, quando eu abrisse os braços, ela tombasse morta como uma criancinha morta, ou tivesse repentinamente desaparecido para sempre, como desaparecera a menina loira na noite de circo dos meus dez anos, deixando no cheiro de pipoca e na marchinha que foi ficando para trás toda a tristeza da vida.

Não era amor platônico. Amor platônico é um negócio meio besta, de fresco. Às vezes pode ser até bom no começo, mas depois acaba virando um troço chato e irritante. "Acaba virando" — é isso, é isso que mata o amor. Acaba virando tédio. Acaba virando desespero. Acaba virando ódio. Acaba virando angústia. Acaba virando infelicidade. E é isso o que não haveria com ela. Não haveria "acaba virando", porque seria um momento só, mas um momento no qual entraria tudo o que eu pensara, sentira, imaginara, desejara, lembrara, esquecera, sonhara, sofrera, tudo. Um momento tão forte, tão profundo, tão vasto, tão absoluto, que depois dele só poderia haver o suicídio ou a resignação total. Seria algo maravilhoso e terrível — como um tremor de terra.

Exato: como um tremor de terra. É o que desde criança espero: um tremor de terra, algo que tremesse, que abalasse, que sacudisse tudo. Uma vez, quando eu tinha sete anos, fiquei horas acordado, esperando o tremor, que, na minha imaginação, devia ocorrer àquela noite. Eu não estava com medo, o interessante é isso; esperava-o como esperava a chegada de Papai Noel na noite de Natal, quando era menor.

O tremor não veio, e até hoje o espero, e em certas noites quase rezo, implorando a Deus que ele venha — nestas noites em que ando pela rua sem vontade de ir a nenhum lugar e de conversar com alguém e de ficar em casa e de andar e de viver e de morrer, quando não há nenhum problema, quando tudo está assim e vai ficar desse jeito, como dois mais dois igual a quatro, e um outro dia vai vir e uma outra noite e depois outro dia e outra noite, e tudo mudando e nada mudando, enquanto uns estão nascendo e outros crescendo e outros envelhecendo e outros morrendo, e hoje é o século vinte e amanhã o século vinte e um e depois de amanhã o século vinte e dois, quando eu já estarei morto e tão inexistente como estou no século dez, e outros estarão vivos e outros nascendo e crescendo e envelhecendo e morrendo sob o mesmo sol do homem de Neanderthal e dos assírios e dos fenícios e dos egípcios e dos gregos e dos romanos e dos hunos e de Átila e de São Francisco e de Lucrécia Bórgia e de Colombo e de Lutero e de Descartes e da Marquesa de Pompadour e de Byron e de Napoleão e de Beethoven e de Abraham Lincoln e de Van Gogh e de Marx e de Machado de Assis e de Kafka e de Greta Garbo e de Carlitos e de Hitler e de Marilyn Monroe e de Brigitte Bardot e de minha bisavó e de meu avô e de meu pai e de minha mãe e meu, meu sol, o sol que olho hoje e que amanhã olhará para a minha sepultura, quando eu estarei no escuro da terra, virando terra, um punhado de terra que restará de tudo o que eu sou neste instante, deste coração que está batendo, deste peito que está respirando, destas veias que estão pulsando, desta voz, destas mãos, deste pensar, deste sentir, deste querer, deste viver, desta carne, destes ossos, só um punhado de terra, nada mais que isso, punhado, punhadinho, terra, partículas de terra, átomos, prótons e elétrons — nestas noites eu quase imploro a Deus um tremor de terra. Talvez esse tremor de terra seja a minha morte, que virá um dia, e aquele momento o prelúdio, o ensaio para esse outro, maior e definitivo.

Tudo parece claro dizendo assim — mas nada era claro. Às vezes eu pensava em conversar com ela depois da aula, mas não fazia isso, e não era por timidez nem nada: era como se eu tivesse medo, um medo indecifrável. Um dia eu quase conversei: ela ia descendo a escada, e eu atrás, pronto para chamá-la. Mas comecei a pensar: diabo, o que eu quero com ela? para que eu vou conversar com ela? vou falar de minha vida e saber da dela? mas para quê? e depois? vou mostrar para ela o que eu sinto por ela? mas e daí? eu nem sei direito o que eu sinto por ela. Eu ia pensando tudo isso, numa espécie de febre fria, e então chegamos ao saguão, e o marido dela estava esperando-a: ele envolveu-a com o braço, e os dois saíram.

Tinha chovido, e a rua estava molhada. Eles foram andando abraçados, de capa, conversando e rindo. Às vezes ela ria mais alto, jogando a cabeça para trás, num gesto bem dela. Uma hora pararam em frente a uma vitrine e ficaram olhando, ela apontando para as roupas, ele naquela indiferença tranquila e sorridente do esposo que tem ao lado a mulher amada, como se tivesse Deus e todas as legiões de anjos. Ele era simpático. Por que tenho vergonha de dizer bonito? Pois bem: ele era bonito; alto, forte, elegante. Cônsul. Rico. Inteligente. Inteligente eu também sou; às vezes tão inteligente que sou completamente doido. Mas não sou bonito, nem tenho pinta de galã: sou todo desengonçado. E principalmente não sou rico nem cônsul — não sou merda nenhuma. Isso: merda nenhuma. E se eu caísse àquela hora na rua, a enxurrada podia me carregar sem susto para o bueiro: eu não ia nem entupir. Se eu tivesse um revólver àquela hora, eu a teria matado — mas eu não tinha um revólver, e, se tivesse, também não teria feito nada. (Preciso ler menos a última página do jornal...)

Eu ia seguindo-os de longe, sem nenhuma intenção; começara a segui-los na saída da escola e ia seguindo. Era bonito os dois juntos assim, abraçados, rindo, andando pela calçada molhada de chuva, as vitrines iluminadas. Era uma cena comum, mas tão maravilhosa que se tornava quase insuportável para mim vê-la. Era aquilo que eu queria, que eu sonhava para mim um dia? Não sei, já sonhei tudo, foi a coisa que mais fiz até hoje, e é por isso decerto que eu não tenho nada e que eu vivo levando na cabeça. Pois, de agora em diante, não vou mais sonhar. Juro.

Depois eles entraram em casa, e a porta se fechou. Eu disse, sozinho: "Merda, qualquer mulher é igual a qualquer mulher." (Não, não é, não é, não é — ou é?) Continuei andando e, quando vi, estava na zona e uma mulher me beijava, me chamando de amorzinho. "Quem é amorzinho?", eu disse. "Com que direito você me chama de amorzinho? O que é amor? Essa esfregação, essa mexeção, essa afobação?" "Ê", ela disse, "você é bicha?" "Me diga, me diga o que é amor!" Eu só dizia aquilo, eu estava possesso. Eu estava é morrendo: aquilo eram os gritos da minha agonia.

Deixei a mulher lá, no quarto, me chamando de bicha, e fui saindo, sem dar bola para nada. Houve um cara que me segurou, sei lá quem e para quê, mas eu tirei o corpo, ou foi ele que tirou o dele, não sei, e fui andando, ninguém podia me segurar àquela hora. Fui andando, e depois eu estava no meio da rua, na chuva, e não havia mais ninguém perto. Continuei andando e passei por um bar e pensei: vou encher a cara. Mas depois pensei: não, não vou encher a cara; vou para casa, dormir.

Isso, vou para casa dormir; vou pôr o pijama, escovar os dentes, deitar e rezar uma ave-maria, e amanhã vou arranjar uma namorada, Sônia ou Lúcia ou Marta ou Regina ou Beatriz ou Marisa, e vou chamá-la de meu bem e ela vai me chamar de meu bem, e vou dar presentes para ela e ela vai dar presentes para mim, e vamos ao cinema e vamos nos beijar e vamos ficar noivos e casar e ter filhos e engordar e envelhecer e ter netos e morrer e ser enterrados na terra que nos seja leve.

Autor e Obras

Luiz Vilela nasceu em Ituiutaba, Minas Gerais, em 31 de dezembro de 1942, sétimo e último filho de um engenheiro-agrônomo e de uma normalista. Fez o curso primário e o ginasial no Ginásio São José, dos padres estigmatinos.

Criado numa família em que todos liam muito e numa casa onde "havia livros por toda parte", segundo ele conta em entrevista a Edla van Steen (*Viver & Escrever*), era natural que, embora tendo uma infância igual à de qualquer outro menino do interior, ele desde cedo mostrasse interesse pelos livros.

Esse interesse foi só crescendo com o tempo, e um dia, em 1956 — ano em que um meteorito riscou os céus da cidade, deixando um rastro de fumaça —, Luiz Vilela, com 13 anos de idade, começou a escrever e, logo em seguida, a publicar, num jornal de estudantes, *A Voz dos Estudantes*. Aos 14, publicou pela primeira vez um conto, num jornal da cidade, o *Correio do Pontal*.

Aos 15 anos foi para Belo Horizonte, onde fez o curso clássico, no Colégio Marconi, e de onde passou a enviar, semanalmente, uma crônica para o jornal *Folha de Ituiutaba*. Entrou, depois, para a Faculdade de Filosofia, Ciências e Letras, da Universidade de Minas Gerais (U.M.G.), atual Universidade Federal de Minas Gerais (UFMG), formando-se em Filosofia. Publicou contos na "página dos novos" do *Suplemento Dominical do Estado de Minas* e ganhou, por duas vezes, um concurso de contos do *Correio de Minas*.

Aos 22, com outros jovens escritores mineiros, criou uma revista só de contos, *Estória*, e logo depois um jornal literário de vanguarda, *Texto*. Essas publicações, que, na falta de apoio financeiro, eram pagas pelos próprios autores, marcaram época, e sua repercussão não só ultrapassou os muros da província, como ainda chegou ao exterior. Nos Estados Unidos, a *Small Press Review* afirmou, na ocasião, que *Estória* era "a melhor publicação literária do continente sul-americano". Vilela criou também, com outros, nesse mesmo período, a *Revista Literária*, da U.M.G.

Em 1967, aos 24 anos, depois de se ver recusado por vários editores, Luiz Vilela publicou, à própria custa, em edição graficamente modesta e de apenas mil exemplares, seu primeiro livro, de contos, *Tremor de Terra*. Mandou-o então para um concurso literário em Brasília, e o livro ganhou o Prêmio Nacional de Ficção, disputado com 250 escritores, entre os quais diversos monstros sagrados da literatura brasileira, como Mário Palmério e Osman Lins. José Condé, que também concorria e estava presente ao anúncio do prêmio, feito no encerramento da Semana Nacional do Escritor, que se realizava todo ano na capital federal, levantou-se, acusou a comissão julgadora de fazer "molecagem" e se retirou da sala. Outro escritor, José Geraldo Vieira, também inconformado com o resultado e que estava tão certo de ganhar o prêmio, que já levara o discurso de agradecimento, perguntou à comissão julgadora se aquele concurso era destinado a "aposentar autores de obra feita e premiar meninos saídos da creche". Comentando mais tarde o acontecimento em seu livro *Situações da Ficção Brasileira*, Fausto Cunha, que fizera parte da comissão julgadora, disse: "Os mais novos empurram implacavelmente os mais velhos para a história ou para o lixo."

Tremor foi, logo a seguir, reeditado por uma editora do Rio, e Luiz Vilela se tornou conhecido em todo o Brasil, sendo saudado como A Revelação Literária do Ano. "A crítica mais consciente não lhe regateou elogios", lembraria depois Assis Brasil, em seu livro *A Nova Literatura*, e Fábio Lucas, em outro livro, *O Caráter Social da Literatura Brasileira*, falaria nos "aplausos incontáveis da crítica" obtidos pelo jovem autor. Aplausos a que se juntaram os de pessoas como o historiador Nelson Werneck Sodré, o biógrafo Raimundo Magalhães Jr. e o humorista Stanislaw Ponte Preta. Coroando a espetacular estreia de Luiz Vilela, o *Jornal do Brasil*, numa reportagem de página dupla, intitulada "Literatura Brasileira no Século XX: Prosa", o escolheu como o mais representativo escritor de sua geração, incluindo-o na galeria dos grandes prosadores brasileiros, iniciada por Machado de Assis.

Em 1968 Vilela mudou-se para São Paulo, para trabalhar como redator e repórter no *Jornal da Tarde*. No mesmo ano, foi premiado no I Concurso Nacional de Contos, do Paraná. Os contos dos vencedores foram reunidos e publicados em livro, com o título de *Os 18 Melhores Contos do Brasil*. Comentando-o no *Jornal de Letras*, Assis Brasil disse que Luiz Vilela era "a melhor revelação de contista dos últimos anos".

Ainda em 1968, um conto seu, "Por toda a vida", do *Tremor de Terra*, foi traduzido para o alemão e publicado na Alemanha Ocidental, numa antologia de modernos contistas brasileiros, *Moderne Brasilianische Erzähler*. No final do ano, convidado a participar de um programa internacional de escritores, o International Writing Program, em Iowa City, Iowa, Estados Unidos, Vilela viajou para este país, lá ficando nove meses e concluindo o seu primeiro romance, *Os Novos*. Sobre a sua participação no programa, ele disse, numa entrevista ao *Jornal de Letras*: "Foi ótima, pois, além de uma boa bolsa, eu tinha lá todo o tempo livre, podendo fazer o que quisesse: um regime de vida ideal para um escritor."

Dos Estados Unidos, Vilela foi para a Europa, percorrendo vários países e fixando-se por algum tempo na Espanha, em Barcelona. Seu segundo livro, *No Bar*, de contos, foi publicado no final de 1968. Dele disse Macedo Miranda, no *Jornal do Brasil*: "Ele escreve aquilo que gostaríamos de escrever." No mesmo ano, Vilela foi premiado no II Concurso Nacional de Contos, do Paraná, ocasião em que Antonio Candido, que fazia parte da comissão julgadora, observou sobre ele: "A sua força está no diálogo e, também, na absoluta pureza de sua linguagem."

Voltando ao Brasil, Vilela passou a residir novamente em sua cidade natal, próximo da qual comprou depois um sítio, onde passaria a criar vacas leiteiras. "Gosto muito de vacas", disse, mais tarde, numa entrevista que deu ao *Folhetim*, da *Folha de S.Paulo*. "Não só de vacas: gosto também de cavalos, porcos, galinhas, tudo quanto é bicho, afinal, de borboleta a elefante, passando obviamente por passarinhos, gatos e cachorros. Cachorro, então, nem se fala, e quem conhece meus livros já deve ter notado isso."

Em 1970 o terceiro livro, também de contos, *Tarde da Noite*, e, aos 27 anos, a consagração definitiva como

212

contista. "Um dos grandes contistas brasileiros de todos os tempos", disse Wilson Martins, no *Estado de S. Paulo*. "Exemplos do grande conto brasileiro e universal", disse Hélio Pólvora, no *Jornal do Brasil*. E no *Jornal da Tarde*, em artigo de página inteira, intitulado "Ler Vilela? Indispensável", Leo Gilson Ribeiro dizia, na chamada: "Guimarães, Clarice, Trevisan, Rubem Fonseca. Agora, outro senhor contista: Luiz Vilela."

Em 1971 saiu *Os Novos*. Baseado em sua geração, o livro se passa logo após a Revolução de 64 e teve, por isso, dificuldades para ser publicado, pois o país vivia ainda sob a ditadura militar, e os editores temiam represálias. Publicado, finalmente, por uma pequena editora do Rio, ele recebeu dos mais violentos ataques aos mais exaltados elogios. No *Suplemento Literário* do *Minas Gerais*, Luís Gonzaga Vieira o chamou de "fogos de artifício", e, no *Correio da Manhã*, Aguinaldo Silva acusou o autor de "pertinaz prisão de ventre mental". Pouco depois, no *Jornal de Letras*, Heraldo Lisboa observava: "Um soco em muita coisa (conceitos e preconceitos), o livro se impõe quase em fúria. (É por isso que o temem?)" E Temístocles Linhares, em *O Estado de S. Paulo*, constatava: "Se não todos, quase todos os problemas das gerações, não só em relação à arte e à cultura, como também em relação à conduta e à vida, estão postos neste livro." Alguns anos depois, Fausto Cunha, no *Jornal do Brasil*, em um número especial do suplemento *Livro*, dedicado aos novos escritores brasileiros, comentou sobre *Os Novos*: "É um romance que, mais dia, menos dia, será descoberto e apreciado em toda a sua força. Sua geração ainda não produziu nenhuma obra como essa, na ficção."

Em 1974 Luiz Vilela ganhou o Prêmio Jabuti, da Câmara Brasileira do Livro, para o melhor livro de contos de 1973, com *O Fim de Tudo*, publicado por uma editora que ele, juntamente com um amigo, fundou em Belo Horizonte, a Editora Liberdade. Carlos Drummond de Andrade leu o livro e escreveu ao autor: "Achei 'A volta do campeão' uma obra-prima."

Em 1978 aparece *Contos Escolhidos*, a primeira de uma dúzia de antologias de seus contos — *Contos*, *Uma Seleção de Contos*, *Os Melhores Contos de Luiz Vilela* etc. —, que, por diferentes editoras, apareceriam nos anos seguintes. Na revista *IstoÉ*, Flávio Moreira da Costa comentou: "Luiz Vilela não é apenas um contista do Estado de Minas Gerais: é um dos melhores ficcionistas de história curta do país. Há muito tempo, muita gente sabe disso."

Em 1979 Vilela publicou, ao longo do ano, três novos livros: *O Choro no Travesseiro*, novela, *Lindas Pernas*, contos, e *O Inferno É Aqui Mesmo*, romance. Sobre o primeiro, disse Duílio Gomes, no *Estado de Minas*: "No gênero novela ele é perfeito, como nos seus contos." Sobre o segundo, disse Manoel Nascimento, na *IstoÉ*: "Agora, depois de *Lindas Pernas* (sua melhor coletânea até o momento), nem os mais céticos continuarão resistindo a admitir sua importância na renovação da prosa brasileira." Quanto ao terceiro, o *Inferno*, escrito com base na sua experiência no *Jornal da Tarde*, ele, assim como acontecera com *Os Novos,* e por motivos semelhantes, causou polêmica. No próprio *Jornal da Tarde*, Leo Gilson Ribeiro disse que o livro não era um romance, e sim "uma vingança pessoal, cheia de chavões". Na entrevista que deu ao *Folhetim*, Vilela, relembrando a polêmica, foi categórico: "Meu livro não é uma vingança contra ninguém nem contra nada. É um romance, sim. Um romance que, como as minhas outras obras de ficção, criei partindo de uma realidade que eu conhecia, no caso o *Jornal da Tarde*." Comentando o livro na revista *Veja*, Renato Pompeu sintetizou a questão nestas palavras: "O livro é importante tanto esteticamente como no nível de documento, e sua leitura é indispensável."

Ituiutaba, uma cidade de porte médio, situada numa das regiões mais ricas do país, o Triângulo Mineiro, sofrera na década de 1970, como outras cidades semelhantes, grandes transformações, o que iria inspirar a Vilela seu terceiro romance, *Entre Amigos*, publicado em 1982 e tão elogiado pela crítica. "*Entre Amigos* é um romance pungente, verdadeiro, muito bem escrito, sobretudo isso", disse Edilberto Coutinho, na revista *Fatos e Fotos*.

Em 1989 saiu *Graça*, seu quarto romance e décimo livro. *Graça* foi escolhido como o "livro do mês" da revista *Playboy*, em sua edição de aniversário. "Uma narração gostosa e envolvente, pontuada por diálogos rápidos e costurada com um fino bom humor", disse, na apresentação dos capítulos publicados, a editora da revista, Eliana Sanches. Na *Folha da Tarde*, depois, Luthero Maynard comentou: "Vilela constrói seus personagens com uma tal consistência psicológica e existencial, que a empatia com o leitor é quase imediata, cimentada pela elegância e extrema fluidez da linguagem, que o colocam entre os mais importantes escritores brasileiros contemporâneos."

No começo de 1990, a convite do governo cubano, Luiz Vilela passou um mês em Cuba, como jurado de literatura brasileira do Premio Casa de las Américas. Em junho, ele foi escolhido como O Melhor da Cultura em Minas Gerais no ano de 1989 pelo jornal *Estado de Minas*, na sua promoção anual "Os Melhores".

No final de 1991 Vilela esteve no México, como convidado do VI Encuentro Internacional de Narrativa, que reuniu escritores de várias partes do mundo para discutir a situação da literatura atual.

Em 1994, no dia 21 de abril, ele foi agraciado pelo governo mineiro com a Medalha da Inconfidência. Logo depois esteve na Alemanha, a convite da Haus der Kulturen der Welt, fazendo leituras públicas de seus escritos em várias cidades. No fim do ano publicou a novela *Te Amo Sobre Todas as Coisas*, a respeito da qual André Seffrin, no *Jornal do Brasil*, escreveu: "Em *Te Amo Sobre Todas as Coisas* encontramos o Luiz Vilela de sempre, no domínio preciso do diálogo, onde é impossível descobrir uma fresta de deslize ou notação menos adequada."

Em 1996 foi publicada na Alemanha, pela Babel Verlag, de Berlim, uma antologia de seus contos, *Frosch im Hals*. "Um autor que pertence à literatura mundial", disse, no prefácio, a tradutora, Ute Hermanns. No final do ano Vilela voltou ao México, como convidado do XI Encuentro Internacional de Narrativa.

Em 2000 um conto seu, "Fazendo a barba", foi incluído na antologia *Os Cem Melhores Contos Brasileiros do Século*, e um curta-metragem, *Françoise*, baseado no seu conto homônimo e dirigido por Rafael Conde, deu a Débora Falabella, no papel principal, o prêmio de melhor atriz na categoria curtas do Festival de Cinema de Gramado. Ainda no mesmo ano, foi publicado o livro *O Diálogo da Compaixão na Obra de Luiz Vilela*, de Wania de Sousa Majadas, primeiro estudo completo de sua obra.

Em 2001 a TV Globo levou ao ar, na série *Brava Gente*, uma adaptação de seu conto "Tarde da noite", sob a direção de Roberto Farias, com Maitê Proença, Daniel Dantas e Lília Cabral.

Em 2002, depois de mais de vinte anos sem publicar um livro de contos, Luiz Vilela lançou *A Cabeça*, livro que teve extraordinária recepção de crítica e de público e foi incluído por vários jornais na lista dos melhores lançamentos do ano. "Os diálogos mais parecidos com a vida que a literatura brasileira já produziu", disse Sérgio Rodrigues, no *Jornal do Brasil*.

Em 2003 *Tremor de Terra* integrou a lista das leituras obrigatórias do vestibular da UFMG. *A Cabeça* foi um dos dez finalistas do I Prêmio Portugal Telecom de Literatura Brasileira e finalista também do Prêmio Jabuti. Vários contos de Vilela foram adaptados pela Rede Minas para o programa *Contos de Minas*. Também a TV Cultura, de São Paulo, adaptou três contos seus, "A cabeça", "Eu estava ali deitado" e "Felicidade", para o programa *Contos da Meia-Noite*, com, respectivamente, os atores Giulia Gam, Matheus Nachtergaele e Paulo César Pereio. E um outro conto, "Rua da amargura", foi adaptado, com o mesmo título, para o cinema, por Rafael Conde, vindo a ganhar o prêmio de melhor curta do Festival de Cinema de Brasília. O cineasta adaptaria depois, em novo curta, um terceiro conto, "A chuva nos telhados antigos", formando com ele a "Trilogia Vilela". Ainda em 2003, o governo mineiro concedeu a Luiz Vilela a Medalha Santos Dumont, Ouro.

Em 2004, numa enquete nacional realizada pelo caderno *Pensar*, do *Correio Braziliense*, entre críticos literários, professores universitários e jornalistas da área cultural, para saber quais "os 15 melhores livros brasileiros dos últimos 15 anos", *A Cabeça* foi um dos escolhidos. No fim do ano a revista *Bravo!*, em sua "Edição 100", fazendo um ranking dos 100 melhores livros de literatura, nacionais e estrangeiros, publicados no Brasil nos últimos oito anos, levando em consideração "a relevância das obras, sua repercussão entre a crítica e o público e sua importância para o desenvolvimento da cultura no país", incluiu *A Cabeça* em 32.º lugar.

Em 2005, em um número especial, "100 Livros Essenciais" — "o ranking da literatura brasileira em todos os gêneros e em todos os tempos" —, a *Bravo!* incluiu entre os livros o *Tremor de Terra*, observando que o autor "de lá para cá, tornou-se referência na prosa contemporânea". E a revista acrescentava: "Enquanto alguns autores levam tempo para aprimorar a escrita, Vilela conseguiu esse feito quando tinha apenas 24 anos."

Em 2006 — ano em que Luiz Vilela completou 50 anos de atividade literária — saiu sua novela *Bóris e Dóris*. "Diferentemente dos modernos tagarelas, que esbanjam palavrório (somente para... esbanjar palavrório), Vilela entra em cena para mostrar logo que só quer fazer o que sabe fazer como poucos: contar uma história", escreveu Nelson Vasconcelos, em *O Globo*.

Com o lançamento de *Bóris e Dóris*, a Editora Record, nova casa editorial de Vilela, deu início à publicação de toda a sua obra. Comentando o fato no *Estado de Minas*, disse João Paulo: "Um conjunto de livros que, pela linguagem, virtuosismo do estilo e ética corajosa em enfrentar o avesso da vida, constitui um momento marcante da literatura brasileira contemporânea."

Em 2008 a Fundação Cultural de Ituiutaba criou a Semana Luiz Vilela, com palestras sobre a obra do escritor, exibição de filmes, exposição de fotos, apresentações de teatro, lançamentos de livros etc., tendo já sido realizadas quatro semanas.

Em 2011 o Concurso de Contos Luiz Vilela, promoção anual da mesma fundação, chegou à 21.ª edição, consolidando a sua posição de um dos mais duradouros concursos literários brasileiros e um dos mais concorridos, com participantes de todas as regiões do Brasil e até do exterior.

No final de 2011 Luiz Vilela publicou o romance *Perdição*. Sobre ele disse Hildeberto Barbosa Filho, no jornal *A União*: "É impossível ler essa história e não parar para pensar. Pensar no mistério da vida, nos desconhecidos que somos, nos imponderáveis que cercam os passos de cada um de nós." *Perdição* foi finalista do Prêmio São Paulo de Literatura e do Prêmio Portugal Telecom de Literatura, e recebeu o Prêmio Literário Nacional PEN Clube do Brasil 2012.

Em 2013 saiu *Você Verá*, sua sétima coletânea de contos. Em *O Globo*, José Castello comentou: "Narrativas secas, diretas, sem adjetivos, sem descrições inúteis, sem divagações prolixas, que remexem diretamente no estranho e inconstante coração do homem." *Você Verá* recebeu o Prêmio ABL de Ficção, concedido pela Academia Brasileira de Letras ao melhor livro de ficção publicado no Brasil em 2013, e o 2.º lugar na categoria contos do Prêmio Jabuti.

Em 2016, foi lançada a segunda edição de *O Fim de Tudo*. Na *Folha de Londrina*, Marcos Losnak, a propósito do livro, observou: "Há um bom tempo se tornou impossível falar do gênero conto na literatura brasileira sem falar de Luiz Vilela."

Ainda em 2016, saiu sua novela *O Filho de Machado de Assis*. Comentando-a no tabloide *Pernambuco*, Raimundo Carrero disse: "Nunca esqueça, Luiz Vilela é um escritor muito perigoso, justamente por causa da habilidade, da astúcia e da ironia."

Luiz Vilela já foi traduzido para diversas línguas. Seus contos figuram em inúmeras antologias, nacionais e estrangeiras, e numa infinidade de livros didáticos. No todo ou em parte, sua obra tem sido objeto de constantes estudos, aqui e no exterior, e já foi tema de várias dissertações de mestrado e teses de doutorado.

Pai de um filho, Luiz Vilela continua a residir em sua cidade natal, onde se dedica inteiramente à literatura.

Tremor de Terra (contos). Belo Horizonte, edição do autor, 1967. 10.ª edição, Rio de Janeiro, Record, 2017.

No Bar (contos). Rio de Janeiro, Bloch, 1968. 2.ª edição, São Paulo, Ática, 1984.

Tarde da Noite (contos). São Paulo, Vertente, 1970. 5.ª edição, São Paulo, Ática, 1999.

Os Novos (romance). Rio de Janeiro, Gernasa, 1971. 2.ª edição, Rio de Janeiro, Nova Fronteira, 1984.

O Fim de Tudo (contos). Belo Horizonte, Liberdade, 1973. 2.ª edição, Rio de Janeiro, Record, 2015.

Contos Escolhidos. Rio de Janeiro, Francisco Alves, 1978. 2.ª edição, Porto Alegre, Mercado Aberto, 1985.

Lindas Pernas (contos). São Paulo, Cultura, 1979.

O Inferno É Aqui Mesmo (romance). São Paulo, Ática, 1979. 3.ª edição, São Paulo, Círculo do Livro, 1988.

O Choro no Travesseiro (novela). São Paulo, Cultura, 1979. 9.ª edição, São Paulo, Atual, 2000.

Entre Amigos (romance). São Paulo, Ática, 1983.

Uma Seleção de Contos. São Paulo, Nacional, 1986. 2.ª edição, reformulada, São Paulo, Nacional, 2002.

Contos. Belo Horizonte, Lê, 1986. 4.ª edição, introdução de Miguel Sanches Neto, São Paulo, Scipione, 2010.

Os Melhores Contos de Luiz Vilela. Introdução de Wilson Martins. São Paulo, Global, 1988. 3.ª edição, São Paulo, Global, 2001.

O Violino e Outros Contos. São Paulo, Ática, 1989. 7.ª edição, São Paulo, Ática, 2007.

Graça (romance). São Paulo, Estação Liberdade, 1989.

Te Amo Sobre Todas as Coisas (novela). Rio de Janeiro, Rocco, 1994.

Contos da Infância e da Adolescência. São Paulo, Ática, 1996. 4.ª edição, São Paulo, Ática, 2007.

Boa de Garfo e Outros Contos. São Paulo, Saraiva, 2000. 4.ª edição, São Paulo, Saraiva, 2010. 6.ª tiragem, 2014.

Sete Histórias (contos). São Paulo, Global, 2000. 3.ª edição, São Paulo, Global, 2001. 1.ª reimpressão, 2008.

Histórias de Família (contos). Introdução de Augusto Massi. São Paulo, Nova Alexandria, 2001.

Chuva e Outros Contos. São Paulo, Editora do Brasil, 2001.

Histórias de Bichos (contos). São Paulo, Editora do Brasil, 2002.

A Cabeça (contos). São Paulo, Cosac & Naify, 2002. 1.ª reimpressão, São Paulo, Cosac & Naify, 2002. 2.ª reimpressão, 2012.

Bóris e Dóris (novela). Rio de Janeiro, Record, 2006.

Contos Eróticos. Belo Horizonte, Leitura, 2008.

Sofia e Outros Contos. São Paulo, Saraiva, 2008. 4.ª tiragem, 2014.

Amor e Outros Contos. Erechim, RS, Edelbra, 2009.

Três Histórias Fantásticas (contos). Introdução de Sérgio Rodrigues. São Paulo, Scipione, 2009. 2ª edição, São Paulo, SESI-SP editora, 2016.

Perdição (romance). Rio de Janeiro, Record, 2011.

Você Verá (contos). Rio de Janeiro, Record, 2013. 2.ª edição, Rio de Janeiro, Record, 2014.

A Feijoada e Outros Contos. São Paulo, SESI-SP editora, 2014.

O Filho de Machado de Assis (novela). Rio de Janeiro, Record, 2016.

Este livro foi composto na tipologia Caecilia
Roman Lt Std, em corpo 10,5/16,5, e impresso em
papel off-white no Sistema Digital Instant Duplex
da Divisão Gráfica da Distribuidora Record.